marebuch

Roy sitzt auf dem Dach. Sein letztes Ding ist schief gegangen: Ausgerechnet das Auto der Mutter des Sheriffs musste er knacken. Jetzt hat er sich auf dem Haus seiner Freundin verschanzt. Unten sitzt der Sheriff ratlos in seinem Streifenwagen, von oben bis unten mit blauer Tünche beschmiert. Seinen ersten Versuch, Roy vom Dach zu holen, hat dieser mit einem vollen Farbeimer beantwortet. Immer mehr Schaulustige versammeln sich auf der Straße. Aber Roy denkt nicht daran, aufzugeben: Er lässt Dachschindeln fliegen, während der Sheriff den Pfarrer zu Hilfe ruft. So nimmt ein absurdes Duell seinen Lauf, das die Natur schließlich auf ihre Weise beenden wird: in Form eines sintflutartigen Regengewitters und vielleicht einer Reise ans Meer.

Nach seinen gefeierten Bestsellern ‹Rausch› und ‹Niemand denkt an Grönland› zeigt sich John Griesemer in ‹Roy auf dem Dach› als «Meister der kleinen Form.»

Süddeutsche Zeitung

JOHN GRIESEMER, 1947 in New York geboren, gilt als einer der wichtigsten Autoren Amerikas. Sein Roman ‹Rausch› stand monatelang auf der Spiegel-Bestseller-Liste. Er lebt in New Hampshire.

Unsere Adressen im Internet:
www.fischerverlage.de und *www.marebuchverlag.de*

John Griesemer

Storys

ROY AUF DEM DACH

Aus dem Amerikanischen
von Thomas Gunkel

Fischer Taschenbuch Verlag
marebuchverlag

Veröffentlicht im Fischer Taschenbuch Verlag,
einem Unternehmen der S. Fischer Verlag GmbH,
Frankfurt am Main, Januar 2008

Lizenzausgabe mit freundlicher Genehmigung
des marebuchverlags, Hamburg

Typografie Farnschläder & Mahlstedt Typografie, Hamburg
Druck und Bindung Clausen & Bosse, Leck
Printed in Germany
ISBN 978-3-596-17611-3

INHALT

ROY AUF DEM DACH

Für gewöhnlich lungerte Roy Romney an dem Fahnenmast beim Bahnhof herum. Von den ersten warmen Frühlingstagen bis zum Oktober, wenn die Bäume schon die Blätter verloren hatten, konnte man ihn dort mit einem Dutzend anderen Jungs sehen. Eine niedrige Steinmauer – den Mauern nachempfunden, die sich noch immer durch die Wälder Neuenglands ziehen – umschloss den Mast und die kleine Rasenfläche. Die Jungs lehnten an den Steinen, unterhielten sich, rauchten und beobachteten stundenlang den Verkehr.

Pork Luther hatte nie an dem Fahnenmast herumgelungert, sondern nach der Schule immer irgendwelche Nachmittags-Jobs gehabt. Nach der Abschlussprüfung war er auf ein katholisches Junior College in Rhode Island gegangen und dann zurückgekehrt, um bei seiner Familie zu leben und in der Stadt als Streifenpolizist zu arbeiten.

Pork wusste, dass Roy Romney mal bei Tanten, mal bei Cousins oder angeheirateten Verwandten aufgewachsen und vor einem Jahr, als sein Vater als Arbeiter in der Bath-Werft auftauchte, sogar nach Portland gegangen war.

Aber direkt nach seinem sechzehnten Geburtstag war Roy plötzlich – mit ein paar blauen Flecken und eingegipstem Arm – in die Stadt zurückgekehrt und hatte im letzten Jahr größtenteils bei seiner Tante drüben in der Peavey Street gewohnt. Bei seiner Rückkehr hatte er schulterlanges Haar und ein paar Tattoos gehabt, mit denen er angeben konnte.

Roy redete nicht über Portland. Er sagte bloß, man habe seinen Alten gefeuert und aus der Wohnung geworfen, danach sei er auf Sauftour gegangen und schließlich in den Westen gezogen.

«Vielleicht ist er auch erst auf Sauftour gegangen und wurde dann gefeuert», erzählte Roy Pork eines Tages am Fahnenmast. Pork hatte auf seiner Runde mal vorbeigeschaut. «Aber was weiß ich», sagte Roy. «Ich war ja selber besoffen.»

Ein paar von den anderen Jungs lachten. «Schon klar», sagten sie.

«Na ja, jedenfalls willkommen daheim, Roy», sagte Pork und machte sich wieder auf den Weg. Pork fand, dass rings um die Jungs etwas Säuerliches in der Luft lag. Sein Chef würde irgendeine Theorie aufstellen. Der stellte ständig Theorien auf. Sein Chef würde sagen, die säuerliche Luft sei wirklich. Ein Vorzeichen für Ärger. So wie man Schnee vor einem Sturm riechen kann. Bei Jugendlichen und Ärger ist es dasselbe. Die senden Strahlen aus oder so was, würde sein Chef sagen, das verändert die chemische Zusammensetzung der Luft. Ein guter Polizist müsse so was riechen.

«Danke vielmals, Officer Pork», rief Roy, als sich Pork der Straßenecke näherte. Pork konnte die Jungs kichern und flüstern hören, und noch bevor er um die Ecke bog, begann er zu schwitzen.

Ein paar Wochen später wurde Roy Romney wegen Einbruchs verhaftet. Bei Gartenarbeiten hatte er in der ganzen Stadt Häuser ausgekundschaftet. Er entschied sich für ein Haus mit jeder Menge Elektrogeräten und einer riesigen Videothek. Er wartete, bis die Besitzer weg waren, hatte aber nicht mit der stummen Alarmanlage gerechnet, die direkt mit dem Polizeirevier verbunden war.

Die Polizisten schnappten Roy, als er gerade mit zwei Videorekordern Pornofilme kopierte, die er im Haus entdeckt hatte. Er hatte vorgehabt, die Videos billig an seine Freunde zu verkaufen.

Pork hatte an jenem Abend dienstfrei, und als seine Kollegen erfuhren, dass er zu Hause Fernsehen geguckt hatte, mussten sie lachen und sagten, sie hätten dasselbe getan. Die Polizisten – unter ihnen auch sein Chef – hatten zwanzig Minuten lang durch ein Panoramafenster beobachtet, wie Roy die Videos kopierte, bevor sie reinmarschierten und ihn verhafteten.

Roy bekam zwei Jahre Bewährung und hatte ein paar Wochen keine Arbeit und keinen Ärger, bis er Mitte Mai ein sogenanntes Frühjahrsdelikt beging. Roy knackte ein Auto.

Es war Pork, der Roy in einem grauen Chevette mit frisch eingedrücktem Kühlergrill sitzen sah. Roy hielt an einer Ampel in der Pine Street, nur ein paar Meter von Pork entfernt, der gerade einen Strafzettel ausstellte.

«Zeig mir mal deinen Führerschein, Roy», sagte Pork, der nicht mal die Stimme erheben musste, so nah war Roy. Aber Roy trat einfach aufs Gas, und es fehlte nicht viel, dann hätten die Reifen gequietscht. Als Pork zum Polizeirevier rannte und mit seinem Walkie-Talkie Unterstützung anforderte, stellte er fest, dass ihm der Wagen, den Roy fuhr, abgesehen von dem frischen Schaden am Kühlergrill, bekannt vorkam. Er gehörte Porks Mutter. Roy Romney entwickelte ein Talent für das nicht ganz perfekte Verbrechen.

Während Pork Hilfe anforderte, fuhr Roy Romney zur Meglathery Street, stellte den Wagen ab, rannte einen Block weiter zur Unity Street und stürzte in Flory Thibodeaus Wohnung im zweiten Stock eines Hauses ohne Aufzug. Er sagte, er müsse auf ihren Speicher. Sie bügelte gerade ein Abziehbild auf ein T-Shirt und sagte, schön, dass du da bist, und klar, warum nicht? Ein paar Minuten später trafen Pork Luther und Officer Kenny Petroit ein.

Kenny und Pork sagten, sie hätten einen Haftbefehl für Roy Romney. Verstoß gegen die Bewährungsauflagen. Außerdem schwerer Autodiebstahl. Flory war beeindruckt, ließ sich aber nichts anmerken und hielt die Polizisten hin. Sie hatte auch mal an dem Fahnenmast rumgelungert und war mit Roy und ein paar von den anderen Jungs gegangen.

Flory sagte, wenn sie einen Haftbefehl für Roy Romney hätten, sei das in Ordnung, aber wenn sie in ihrem Haus nach Roy Romney suchen wollten, bräuchten sie einen Durchsuchungsbefehl. Pork und Kenny erwiderten, das sei Schwachsinn, sie sei noch minderjährig, und das Haus gehöre sowieso ihrem Bruder. Ein paar Zeugen hätten gesehen, wie Roy die Feuertreppe raufgestiegen sei, also drängten sie sich an ihr vorbei und gingen von Zimmer zu Zimmer. Flory fing an zu schreien.

Roy Romney hätte nicht auf den Speicher flüchten sollen. Er hätte sich lieber einfach an Florys Küchentisch setzen sollen, dann hätte er, als Kenny und Pork an die Tür hämmerten, hinten die Feuertreppe runterflitzen können. Die beiden Polizisten hatten niemanden zur Überwachung der Ausgänge. Aber das wusste Roy nicht.

Stattdessen saß Roy Romney in der Falle, und als Kenny und Pork alle Zimmer und Wandschränke durchsucht hatten – wobei ihnen Flory schreiend und das heiße Bügeleisen schwenkend folgte –, sahen sie die Tür zum Speicher, öffneten sie und stiegen die Treppe hinauf.

Duane Thibodeau, Florys älterer Bruder, war als Fahrer bei einer Flüssiggasfirma beschäftigt und machte nebenbei Schwarzarbeiten. Auf Florys Speicher hatte er Farbe, Bretter und Werkzeuge gebunkert, die er bei seinen Schreinerjobs geklaut hatte. Er hatte vor, sein Haus damit zu renovieren. Aber Roy Romney benutzte die Sachen auf dem Speicher als Munition. Er warf einen Schlosserhammer nach den Polizisten und hätte Pork Luther beinahe am Kopf getroffen, als dieser die Stufen raufkam.

Die Polizisten zogen ihre Pistolen und riefen, wenn Roy sich nicht ergebe, würden sie schießen. Roy bekam nichts davon mit, denn er kletterte gerade mit einem Farbeimer unterm Arm aus dem Mansardenfenster. Aber Flory hörte es und schrie wie am Spieß, Roy solle abhauen.

Roy konnte bloß aufs Dach flüchten, und da hockte er, als Kenny Petroit hinter ihm herstieg und der Farbeimer in hohem Bogen über den First flog, Kennys Stirn streifte, ihm eine Schnittwunde zufügte und den direkt hinter ihm stehenden Pork völlig mit Dutch Boy-Latexfarbe übergoss.

Beide Männer glitten in der schlüpfrigen Lache aus und

rutschten auf die Gasse drei Stockwerke tiefer zu, wobei Kenny versehentlich einen Schuss ins Dach feuerte (die Kugel blieb in einer gestohlenen Rolle Isoliermaterial auf dem Speicher stecken) und Pork gerade noch ein Abzugsrohr zu fassen bekam. Kenny krachte mit seinen schweren Schuhen Größe 44 in Porks Gesicht, aber die beiden waren vorerst außer Gefahr, auch wenn Kenny voller Blut und Pork von oben bis unten mit halb matter blauer Fassadenfarbe besudelt war.

Kenny sagte zu Pork, er brauche einen Arzt. Also krabbelte er, die Hand auf die Wunde an seiner Stirn gepresst, übers Dach zurück zum Mansardenfenster. Er gab Pork den Befehl, den Täter festzunehmen. Er sagte, er würde über Funk Verstärkung rufen.

Pork brüllte ihm nach, wie zum Teufel er das anstellen wolle. Sie seien doch vom Revier hergelaufen, oder? Sie hätten keinen Streifenwagen und damit auch kein Funkgerät, stimmt's? Sein eigenes Funkgerät hatte sich, wie er gerade feststellte, von seinem Gürtel gelöst und war unten auf dem Beton der Einfahrt zersplittert. Kenny hatte seins in der Eile auf dem Revier liegen lassen. Was wollte er jetzt also tun, Verstärkung herbei*pfeifen*?

Aber Kenny war schon weg.

Pork hörte, wie Florys Gekreische unten im Haus immer schriller wurde. Offenbar hatte sie Kennys Wunde gesehen. Mit ein bisschen Grips, dachte Pork, müsste sie erkennen, dass sich ihr Freund hier oben zusätzlich zu der Anklage wegen Autodiebstahls und Verstoßes gegen die Bewährungsauflagen auch noch eine wegen tätlichen Angriffs auf einen Polizeibeamten eingehandelt hatte.

Ein Schornsteinziegel kam das Dach runtergeschlittert

und schoss an Pork vorbei. Scheppernd landete er in der Aluminiumdachrinne. Von Roy Romney war nichts zu sehen, er hockte direkt hinterm Dachfirst.

Pork wusste, dass er jetzt irgendwas zu Roy sagen musste. Er hörte, wie die Leute in den Nachbarhäusern die Fenster öffneten und Fragen stellten. Ein paar Jugendliche hatten sich auf der Straße versammelt. Aus dem Augenwinkel konnte er sehen, wie sie breitbeinig über ihren Fahrrädern standen und zum Dach hinaufschauten.

Vom Festhalten an dem Abzugsrohr tat Pork der Arm weh. In seiner freien Hand hielt er immer noch die Pistole. Er versuchte, die Muskeln zu entspannen. Er räusperte sich. Dann sagte er: «Okay, Roy. Ich weiß nicht, wie es so weit kommen konnte, aber von hier gibt's für dich nur einen Ausweg, und der führt nach unten. Es gibt zwei Möglichkeiten, wie du runterkommst. Auf die sanfte oder die harte Tour. Das kannst du dir aussuchen, Roy.»

Pork fand, das klang okay. Guter Bulle und böser Bulle in einem.

Die Antwort war ein weiterer Ziegelstein, der diesmal nicht das Dach runterschlitterte. Er kam in hohem Bogen über den First geflogen, prallte zweimal auf und krachte dann unten auf die Gasse. Dem Ziegelstein ließ Roy Romney einen Hagel von Asphaltschindeln folgen, die er rings um die Schornsteineinfassung herausriss.

Die Schindeln segelten wie Frisbeescheiben. Ein paar wirbelten das Dach herunter, andere landeten in Porks Nähe, und eine flog sogar über die Gasse hinweg aufs Dach des Nachbarhauses. Die Jungs auf den Fahrrädern johlten.

Pork versuchte es nochmal. Er sagte, Roy solle das bleiben lassen, einfach damit aufhören. Er sprach so, als sei er das Ganze müde, als wären sie zwei Arbeiter, deren Schicht vorbei war, und, verdammt, warum machten sie nicht Feierabend, packten ihre Sachen zusammen und fuhren nach Hause?

Eine Schindel schwirrte durch die Luft und traf Pork mit der scharfen Kante an den Fingerknöcheln. Er schrie auf und ließ das Rohr los. Er rutschte ab und versuchte, sich am Dach festzukrallen, während seine Messinggürtelschnalle und das Halfter mit dem Patronengurt knirschend über die raue Oberfläche schabten. Die Leute schrien. All das hörte Pork. In der Ferne ertönte jetzt die Sirene eines Streifenwagens, heulte ein Feuerwehrauto, und eine Straße weiter kreischte im Wipfel einer Fichte ein Eichelhäher. Pork stellte sich vor, dass er im nächsten Moment das Krachen der unter seinem Gewicht nachgebenden Dachrinne hören und dann auf die Gasse hinunterstürzen würde.

Aber die Dachrinne hielt, und die Gummisohlen von Porks Schuhen machten kaum ein Geräusch, als sie gegen das Aluminium stießen. Die Leute jubelten. Pork holte tief Luft. Er dachte, er hätte vielleicht in die Hose gepinkelt. Aber wegen der ganzen Farbe konnte er nichts erkennen. Er drückte die Stirn aufs Dach. Nach dem ersten panischen Schrecken fühlte er sich nun wie betäubt. In der kleinen Höhle, die von seinen Armen gebildet wurde, seufzte er hörbar. Die blaue Farbe auf seiner Hose erinnerte ihn an irgendetwas. Ans Meer, das war es. Genau dieses Blau hatte Pork mal am Meer gesehen.

Als er aufblickte, sah er, wie zum ersten Mal im ganzen Jahr, dass sich die Knospen an den Bäumen geöffnet hatten. An den Zweigen hingen winzige Blätter, und Pork

Luther erinnerte sich, wie Miss Licktey, seine Lehrerin in der dritten Klasse, den Schülern an einem ebensolchen Tag erzählt hatte, in jeder Knospe befinde sich ein kleines, vollständig ausgebildetes Blatt. Alle Zellen seien bereits vorhanden. Sie müssten bloß größer werden, um sich in die breiten Blätter des Sommers, das Laub des Herbstes zu verwandeln. «Und ihr, Kinder», hatte Miss Licktey gesagt, «seid wie diese Knospen.» Pork blickte jetzt zu den Hügeln auf der anderen Seite des Flusses hinüber. Sie waren zartgrün. Er war vollkommen ruhig. Er steckte seine Pistole ins Halfter.

Neben Pork krachten zwei Leitern ans Dach. Mit dem Fuß ertastete er eine Sprosse, aber eine Stimme aus einem Megafon rief, er solle warten. Das war sein Chef. «Bleib oben, Luther. Wir schicken Reverend ...» Es entstand eine Pause. Jemand flüsterte dem Polizeichef etwas zu. «... Reverend Stueben rauf.» Der Polizeichef schaltete das Megafon aus und brüllte zu Pork hinauf: «Halt ihn in Schach, Luther. Und verhandle.»

Der Pfarrer erreichte das obere Ende der zweiten Leiter. Er war ein untersetzter, bärtiger Mann, noch neu in der Stadt. Pork hatte ihn ein paar Mal gesehen, die Episkopalkirche lag vom Polizeirevier nur vier Straßen entfernt.

Der Pfarrer stützte die Ellbogen vorsichtig aufs Dach, als würde er sich im Rotlichtviertel in eine Bar schleichen, bemüht, keine Aufmerksamkeit zu erregen. «Das ist wohl Ihr Tagewerk, was?», sagte er mit leiser Stimme. «Ich habe so was noch nie gemacht. Und Sie?»

Pork schüttelte den Kopf.

«Na, dann mal los», sagte der Pfarrer. «Roy?», rief er. «Roy, ich bin Reverend Stueben: Aus der Kirche ein Stückchen die Straße runter. Ihre Freundin hat mich gebeten herzukommen.»

«Das stimmt, Roy. Ich hab ihn hergeholt», rief Flory vom Gehsteig herauf.

«Also, *ich* hab dich nicht drum gebeten», schrie Roy.

«Ich weiß, Roy», brüllte Flory, «aber ich hab überlegt, was ich tun könnte. In dieser Situation und so. Weißt du?»

«Ja», sagte Roy. «Okay. Danke. Eigentlich ist sie nicht meine Freundin, Reverend. Sie hat mit der Sache gar nichts zu tun. Das nur der Ordnung halber.»

«Okay, Roy», sagte der Pfarrer. «Ich wollte damit nichts andeuten. Bloß dass sie ein Mädchen ist und ich gedacht habe, dass ihr befreundet seid. Sie hat sich Sorgen um dich gemacht. Genau wie wir alle. Kann ich dir irgendwas bringen, Roy?»

«Ach, vielleicht Farbverdünner», schrie Roy. «Der letzte Anstrich, den ich Pork verpasst habe, war ein bisschen dick.»

Ein paar Leute lachten schallend. Die Sache hatte sich herumgesprochen. Die Jungs, die sonst am Fahnenmast rumlungerten, waren hergekommen, um sich das Ganze anzusehen.

«Lass den Scheiß, Roy», schrie Pork. Er hatte die Hand wieder auf die Pistole gelegt.

«Wie lautet die Anklage, wenn ich jetzt runterkomme?», wollte Roy wissen.

«Das weiß ich nicht genau, Roy», sagte Pfarrer Stueben. «Wissen Sie das, Officer?»

«Nein», erwiderte Pork. «Chef, wie wird dic Anklage lauten?»

«Reverend, sagen Sie ihm, dass wir das noch nicht beurteilen können, aber wenn er friedlich runterkommt, werden wir uns beim Staatsanwalt für ihn einsetzen, egal, wie die Anklage lautet. Seine Kooperationsbereitschaft wird gebührend gewürdigt.»

«Hast du das alles gehört, Roy?», fragte Pfarrer Stueben.

Nach kurzem Schweigen rief Roy: «Ja. Hab ich.»

Es ärgerte Pork, dass sein Chef den Pfarrer gebeten hatte, Roy über die gesetzlichen Bestimmungen zu informieren. Schließlich war Pork der Polizist; hier oben vertrat er das Gesetz.

Pork brüllte: «Roy, was hattest du eigentlich vor? Weißt du, wem das Auto gehört, das du gestohlen hast?»

«Nee», sagte Roy.

Pork hielt inne. Er konnte nicht vor allen Leuten rufen, dass es der Wagen seiner Mutter war. Er wünschte, er hätte nicht davon angefangen. Das würde sich früh genug in der ganzen Stadt herumsprechen.

«Warum zum Kuckuck hast du das gemacht, Roy? Du wusstest doch, dass du auf Bewährung bist.»

«Warum zum Kuckuck *nicht*, Officer?», schrie Roy. «Häh?»

«Was ist denn das für eine Antwort, Roy?», fragte Pork.

«*Meine* Antwort, du Arsch.»

Pork spürte, dass der Pfarrer an seinem Ärmel zog. Der Geistliche wollte sich einschalten.

«Sag mal, Roy.» Der Pfarrer versuchte so leise zu sprechen, dass Roy es hörte, aber nicht die unten stehenden Leute.

«Roy, willst du noch irgendwas loswerden, bevor du runterkommst? Hast du irgendwas dabei? Der Officer würde bestimmt weggucken, wenn du mir was geben müsstest.»

Pork blinzelte und biss sich auf die Lippe.

«Wie sieht's aus, Officer?», flüsterte der Pfarrer.

Pork fand, dass er den Kerl nicht leiden konnte. Obwohl er schon seit Jahren nicht mehr in der Messe gewesen war, hatte er das unbestimmte Gefühl, dass Episkopale bloß eine verwässerte Version dessen vollzogen, was er sonntags als Kind immer durchgemacht hatte. Sie waren Heuchler. Sie hatten keine festen Grundsätze. Das war der Beweis.

Trotzdem wusste er nicht, was er sagen sollte. Er rutschte auf den Schindeln hin und her und spürte, wie die Farbe unter ihm klebrig wurde. Sie zog an seiner Uniform.

Roy Romney half ihm aus der Klemme, indem er vom Dachfirst runterbrüllte: «Sie meinen *Drogen,* Reverend? Ist es das, was Sie haben wollen? Sie glauben, ich hab *DROGEN?* Hey, Leute, der Reverend will Drogen haben. Hat jemand was da?»

Auf der anderen Straßenseite standen die Jungs vom Fahnenmast dicht gedrängt am Bordstein; sie lachten und riefen zurück, nein, sie hätten nicht mal einen Joint, und ob dem Pfarrer da oben auf der Leiter nicht schon schwindlig genug sei. Mann, sie würden wirklich gern helfen, denn wenn der Pfarrer sich anständig bekiffe, könnte er vielleicht wirklich mal Gott sehen.

Der Polizeichef rief hinüber, sie sollten die Luft anhalten. Auf der Straße fingen auch andere Leute an zu lachen. Der Pfarrer errötete und verzog das Gesicht. Pork freute sich. Er musste zugeben, der gute alte Roy Romney da oben war schlagfertig. Inzwischen kamen die Leute aus dem Geschäftsviertel herüber, um dem Spektakel beizuwohnen.

Vermutlich sah Pork die Gewitterwolke als Erster. Er

war weit genug oben und blickte in die richtige Richtung. Er beobachtete, wie die Krone der Ambosswolke über eine Hügelkuppe nach Westen kroch. Wenn der Pfarrer Roy nicht vom Dach kriegte und die Sache beenden konnte, dann würde vielleicht ein ordentliches Gewitter helfen.

Niemand hörte das erste ferne Donnergrollen, denn als es ertönte, lauschten alle Florys Bruder Duane, der von der Straße Flüche zu Roy heraufbrüllte.

Duane hatte von der Sache mit Roy am Funkgerät seines Lastwagens erfahren. Die Frau in der Zentrale der Gasfirma hatte einen Polizeiscanner im Büro und hatte Duane Bescheid gegeben. Daraufhin war er sofort zu seinem Haus in der Unity Street gefahren.

Duane brüllte, er sei nicht verantwortlich, wenn Roy sich dort oben verletze. Seine Versicherungspolice decke keinen bescheuerten Selbstmord ab, falls es das sei, was Roy vorhabe.

Duane stapfte herum und brüllte weiter, bis Roy ihm ins Wort fiel und eine Abstimmung verlangte. «Alle, die wollen, dass Duane sein großes Maul hält, stimmen mit ‹Ja!›», brüllte er.

Bestimmt zwanzig Leute riefen laut «Ja!», und die Übrigen lachten. Ein paar klatschten Beifall. Duane ging mit finsterem Gesicht zu Flory rüber, um herauszufinden, was überhaupt passiert war. Inzwischen verschwand die Sonne hinter der Gewitterwolke.

Kurz bevor der Regen einsetzte, nahm das Ganze eine üble Wendung, denn Duane schlug nach Flory. Er hatte gebrüllt, sie lungere mit solchem Gesindel wie Roy Romney herum und hätte keine Bleibe gehabt, wenn er, Duane, ihr die Wohnung nicht überlassen hätte. Für eine Siebzehnjährige sei doch eine eigene Wohnung nicht schlecht. Wenn ihr Dad noch am Leben wäre, hätte er sich so ein Benehmen nicht bieten lassen.

Flory brüllte zurück, sie wisse, genau wie Duane, was für ein Typ ihr Dad gewesen sei, vielleicht tue Duane kleinen Mädchen ja dasselbe an, und – peng – hatte ihr Duane eine verpasst.

Pork sah, wie alles passierte, und als der Schlag kam, schnappten alle Leute gleichzeitig nach Luft. Pork konnte es hören. Duane war der Einzige, der über seine Tat nicht bestürzt war. In der Stille nach dem Schlag sagte er zu Flory, sie solle mal *darüber* nachdenken. Sie schluchzte. Der Polizeichef gab ein paar Feuerwehrleuten ein Zeichen, Duane wegzubringen. Roy stand jetzt auf dem Dachfirst und fragte Flory, ob alles in Ordnung sei. Als sie, die Hände vors Gesicht geschlagen, ins Haus rannte, schrie Roy Duane zu, er werde ihm alles heimzahlen, was er Flory angetan habe. Da saß Duane aber schon im Pick-up eines Freundes. Mit dem Schlag ins Gesicht seiner Schwester musste sich die Polizei später befassen.

Vom Dach aus sah Pork, wie der Freund Duane auf die Schulter klopfte, während Duane kopfschüttelnd aufs Armaturenbrett hieb. Die beiden Männer machten sich jeder ein Bier auf. Der Anblick machte Pork durstig.

Inzwischen war die Gewitterwolke zu einer riesigen grauen Masse am Himmel angewachsen. Ein Blitzstrahl schoss von einem Wolkenwulst zu einem anderen, und sofort folgte der Donner.

«Das war nah», sagte der Pfarrer. «Und ich stehe auf einer Metallleiter. Ihre ist wenigstens aus Holz.»

Pork wollte gerade sagen: «Ich bin aber auch ein Glückspilz», als sein Chef ihm und dem Pfarrer über Megafon zurief, sie sollten herunterkommen. Der Pfarrer war schon auf dem Weg nach unten.

Als Pork unten ankam, schüttelte er Arme und Beine aus, damit wieder Leben hineinkam. Der Polizeichef befahl, die Metallleiter wegzuräumen, die Holzleiter aber stehen zu lassen. Über Megafon rief er Roy zu, dass er ihm den Zusammenhang zwischen Blitz und hohen Punkten wohl nicht zu erklären brauche. Jedenfalls würden sie sich nicht draußen nass regnen lassen, bis Roy wieder zur Besinnung kam.

Der Wolkenbruch gehörte zu der Sorte, die direkt auf einen zugejagt kommt. Alle sahen ihn kommen, und als der Regen losprasselte, flüchteten sie, um sich unterzustellen.

Pork wartete das Ende des Gewitters zusammen mit dem Polizeichef und dem Pfarrer im Streifenwagen ab. Der stand vor Florys Haus. Der Polizeichef saß auf dem Fahrersitz, der Pfarrer neben ihm. Pork zwängte sich in den Fond. Er nahm einen leichten Uringeruch wahr, der von seiner Kleidung ausging. Hoffentlich roch das sonst niemand.

Sein Chef hatte großen Wirbel gemacht, damit Pork keine Farbe auf dem Rücksitz verschmierte, und Pork war zum Kofferraum gelaufen, hatte eine Rettungsdecke aus Folie aus dem Erste-Hilfe-Koffer geholt und sie auf dem Sitz ausgebreitet, bevor er sich in den Wagen schob.

Für diese Jahreszeit war es ein überraschend heftiges Gewitter, der Regen schien von allen Seiten gleichzeitig zu kommen. Pork wischte immer wieder die beschlagene Fensterscheibe ab und schaute zum Dach und der am Haus lehnenden Leiter hinüber. Er passte auf, während der Pfarrer und der Polizeichef sich unterhielten. Der Pfarrer hakte manchmal die Finger in das Drahtgitter, das die Vordersitze vom Fond trennte. Ein paarmal zupfte er auch dran herum, als wäre es eine riesige Harfe. Dabei stieß sein Ehering klirrend gegen den Stahl.

In dem Gewitter konnte Pork Roy Romneys rotes Hemd auf dem Dach nur undeutlich erkennen. Die Blitze halfen nicht, denn sie kamen so plötzlich und heftig, dass Pork zusammenzuckte und auf den ohrenbetäubenden Donner wartete.

Pork wusste, wenn der Pfarrer nicht da wäre, würde sein Chef ihm die Hölle heiß machen. Aber nach Lage der Dinge war sein Chef betont höflich und unterhielt sich mit dem Pfarrer, und Pork wurde vor Scham unwillkürlich rot.

Der Polizeichef wollte wissen, wie es dem Pfarrer gelang, sich jede Woche eine Predigt auszudenken, und ob er sie aufschrieb oder einfach auf die Kanzel stieg und redete. Der Pfarrer versuchte einen Vergleich zu ziehen zwischen dem Schreiben einer Predigt und der Wachsamkeit eines Streifenpolizisten, der darauf achtet, dass in seinem ruhigen Viertel alles in Ordnung ist, aber das Ganze klang nicht besonders überzeugend.

Der Regen wurde stärker, und Pork fragte sich, wie es Roy da draußen wohl ging. Die Bäume mit ihren winzigen Blättern schwankten heftig in den Windstößen, die die Straße entlang fegten. Es blitzte und donnerte immer heftiger.

Der Pfarrer erzählte die Geschichte von einer Überschwemmung in der Gegend in Pennsylvania, wo er aufgewachsen war. Die habe sich lange vor seiner Geburt ereignet, sagte er. Ein Farmer in der Nähe der Stadt hatte seine Frau begraben, die eine Woche vor Beginn der Regenfälle an Krebs gestorben war. Als das Hochwasser zurückging, fand er ihre Leiche in den Ästen einer Ulme, die an dem Abhang vor seinem Haus stand. Er hatte aus dem Tal ein Brüllen gehört, und als er dort hinkam, sah er im selben Baum eine seiner Kühe lebendig im Geäst hängen. Das Straßenbauamt hievte die Frau des Farmers und die Kuh mit einem Kran herunter, und die Kuh musste erschossen werden, weil sie sich drei Beine gebrochen hatte. Ein paar Tage später fällte der Farmer den Baum, verbrannte ihn bis auf den letzten Zweig und sprengte den Stumpf mit Dynamit in die Luft.

«Uuuh, hoffentlich kriegen wir nicht *so* einen Sturm», sagte der Polizeichef.

«In der Wettervorhersage war bloß von Gewitterregen die Rede», erwiderte der Pfarrer.

«Welchen Sender hören Sie denn, Reverend?»

«Normalerweise den öffentlichen.»

«Den kriegen wir nicht allzu gut rein», sagte der Polizeichef. «Ich höre nicht viel Radio, bis auf die Spiele der Red Sox, und die empfange ich über Hartford. Krieg ich klarer rein als alles von hier. Ist das nicht unglaublich?»

Pork musste sich zusammenreißen, um die beiden Männer nicht nachzuäffen.

Er wischte wieder die Fensterscheibe ab. Der Regen trommelte auf den Wagen. Es war der heftigste Wolkenbruch, den Pork je erlebt hatte. Durch die Fenster waren, auch da, wo er gewischt hatte, nur verschwommene, matte Farben zu sehen. Draußen konnte man keinerlei Umrisse erkennen, nur die gewaltigen Wassermassen.

Auf dem Dach von Florys Haus sah er noch immer den kleinen roten Fleck. Weitere Blitze zuckten. Ein Stück die Straße hinunter stand der Pick-up, in dem Duane und sein Kumpel Bier tranken. Duanes Tankwagen war an der Ecke geparkt. Das Feuerwehrauto war zur Feuerwache zurückgefahren. Niemand war draußen. Pork dachte, dass Flory bestimmt allein in ihrer Wohnung saß und sich verarztete.

Er dachte, wenn er es nicht genau wüsste, könnte er vermutlich kaum glauben, dass er mit Duane Thibodeau zur Schule gegangen war, dass sie auch nur aus derselben Stadt stammten, gleichaltrig waren, auf denselben Straßen fuhren, dieselbe Sprache sprachen. Pork dachte daran, wie er oben auf der Leiter, von wo er das Ganze gesehen hatte, vor Duane und seiner dummen, ungeschlachten Wut Angst gehabt hatte, als der brüllend seine Schwester schlug, sich dann mit rotem Kopf in den Lieferwagen setzte und aufs Armaturenbrett hieb. Pork war froh, dass er oben auf der Leiter gestanden hatte, wenn auch voller Farbe und – wie er jetzt wusste – voller Urin. Es war besser, bei dem Versuch, einen verrückten Jugendlichen zu schnappen, fast vom Dach zu stürzen, als mit einem so reizbaren, fiesen Kerl wie Duane Thibodeau auf derselben Straße zu stehen.

Die Farbe auf Porks Bauch und Schenkeln verwandelte sich in eine klebrige Kruste, und vorn juckte es ihn überall. Er versuchte, Hemd und Hose von der Haut wegzuziehen, aber seine Finger wurden ganz blau und schmierig. Die Farbe war so dick, dass sie ihn an das kleine Ruderboot bei dem Strandhaus erinnerte, das seine Eltern in seiner Kindheit gemietet hatten. Ein kleines weißes Boot, das am schmalen Strand an einen Baumstamm gekettet war. Das Boot war so oft gestrichen worden, und die Farbe hatte so dick auf den Planken geklebt, dass sie nie ganz trocken zu sein schien. Pork konnte mit den Fingernägeln kleine Halbmonde reinritzen.

Pork setzte sich anders hin, zupfte Farbe von seinem Hemd, rollte sie in den Fingern und dachte daran, wie gern er jeden Sommer eine Woche lang zu dem Ferienhaus gefahren war und das kleine Boot gerudert hatte, wie sehr er das Meer liebte. Er mochte den Geruch, das stetige Geräusch, und hatte damals erst begriffen, wie ungeheuer groß das Meer war. Oft musste er daran denken, wie gern er das Ferienhaus am Meer besessen hätte. Oder ein Boot. Und sei es nur das Ruderboot. Irgendwas.

Der Pfarrer und der Polizeichef unterhielten sich über die Red Sox und die Pittsburgh Pirates, sagten, dass Boston seit jeher eine Bastion weißer Spieler und Pittsburgh für seine Schwarzen und Latinos bekannt sei. Der Polizeichef wollte gerade darauf hinweisen, dass sich die «Arbeitsmoral» einer Mannschaft verändere, wenn es zu viel «Rassenvermischung» gebe. Pork sah, dass dem Pfarrer das Ganze unangenehm war, er aber nicht so scharf protestieren wollte, dass er hätte aussteigen und im Regen stehen müssen.

Als Nächstes kam der Polizeichef auf Straftäter zu sprechen. Es war eine alte Theorie, die Pork schon unzählige Male gehört hatte. Der Polizeichef behauptete, einheimische Straftäter würden nie weit flüchten. Pork musste zugeben, dass das nicht ganz falsch war.

«Ein flüchtiger Straftäter, der hier in der Gegend geboren ist, haut fast nie aus Neuengland ab», sagte der Polizeichef. «Ganz selten verschwindet einer nach Kanada. Vor

Boston haben sie Angst. Mit New York ist es dasselbe. In neun von zehn Fällen bleiben sie hier in diesem Zipfel des Landes. Wie Scheiße, die im Abflussrohr feststeckt. Entschuldigen Sie meine Ausdrucksweise.»

Der Pfarrer nickte.

«Wenn wir sie schnappen, sind sie normalerweise in eine Jagdhütte eingebrochen, verstecken sich im Wohnwagen eines Freundes oder treiben sich ratlos an einer Raststätte herum. Läuft fast immer so. Vielleicht fehlt's ihnen an Mumm oder so was», sagte der Polizeichef. «Oder wir bringen hier oben einfach keine guten Verbrecher hervor. Keine Ahnung. Vielleicht steckt da eine Predigt für Sie drin, Reverend.»

Pork blickte wieder zum Dach hinauf. Der blaue Fleck war noch da, bloß breiter und ganz verlaufen, und am Dachfirst sah er verschwommen Roys rotes Hemd. Es regnete und blitzte immer noch heftig. Pork wischte über die Scheibe. Es kam ihm vor, als würde sich der rote Fleck bewegen. Er wischte nochmal am Fenster und drückte das Gesicht an die Scheibe. Er betrachtete den Schornstein. Dann wandte er kurz den Blick ab und schaute wieder hin. Jetzt war nichts Rotes mehr zu sehen. Pork musterte die Leiter. Eine verzerrte dunkle Linie im prasselnden Regen, mehr war nicht zu erkennen.

Pork ließ das Fenster herunter und spähte in das Unwetter hinaus.

«Luther? Was ist los?», fragte sein Chef. Er richtete sich im Sitz auf.

Pork stieß die Wagentür auf und rannte zu einer Rasenfläche auf der anderen Straßenseite, um das Dach besser sehen zu können. Da waren nur der Schornstein, die Abzugsrohre und der blaue Farbfleck. In der Dachrinne lagen noch ein paar zerbrochene Schindeln.

Der Polizeichef hatte das Fenster heruntergelassen und spähte durch den Regen zu Pork hinüber.

«Der Mistkerl ist einfach verschwunden», sagte Pork, aber so leise, dass es die beiden Männer im Wagen nicht hören konnten, denn im selben Moment krachte ein lauter Donnerschlag ins Tal. Als sich das Donnergrollen entfernte, hörte Pork, dass ihn sein Chef rief.

«Und?», brüllte der Chef. «Was ist los?»

Eine halbe Stunde später stand Pork mit Duane Thibodeau auf dem Speicher. Duane versuchte zu erklären, warum auf dem Stiel der Axt, die Flory benutzt hatte, «Eigentum der Twin State-Baufirma» stand. Pork hatte in der Ecke des Speichers eine Plane zurückgeschlagen und jede Menge Werkzeug und Eisenwaren entdeckt, auf denen die Namen von einem halben Dutzend einheimischer Bauunternehmen eingeritzt, aufgeprägt oder aufgemalt waren.

«Willst du hier oben eine Etikettierfirma gründen, Duane?», fragte Pork.

Er dachte, dass sich sein Chef freuen würde, wenn er ihm das ganze gestohlene Werkzeug meldete. Vielleicht verringerte es ein bisschen den Druck, der wegen Roy Romneys Flucht auf ihm lastete. Der Polizeichef hatte Pork angewiesen, über den Vorfall auf dem Dach einen Bericht zu schreiben. Porks Kollegen sollten die Flüchtigen inzwischen verfolgen.

Duane sagte, er habe das ganze Werkzeug auf Auktionen erstanden. Wenn Pork sich hätte entscheiden müssen, wen von beiden er festnähme, hätte er lieber Roy laufen lassen und Duane in den Knast gesteckt. Roy war noch jung und dumm und hatte Pork an diesem Tag einen Haufen Ärger beschert, aber Duane war selbstgefällig und erfolgreich, und jetzt kam er ihm frech und brachte Alibis vor, die eine Beleidigung von Porks Intelligenz waren.

Pork ging zu dem Schornstein mitten im Raum. Die Farbe auf seiner Uniform war so fest wie Hartgummi. Er stand unter dem Dachfirst. Auf dem Boden des Speichers lagen Holzsplitter und Schindeln, alles nass vom Regen, der durch die Öffnung hereingeströmt war. Die Öffnung war knapp zwei Meter lang und befand sich zwischen zwei Dachbalken. Flory hatte bestimmt richtig schuften müssen, um das Loch zu hacken, während ihr das ganze Zeug ins Gesicht flog.

Duane ritt die ganze Zeit auf den Reparaturkosten für das Dach herum und beklagte sich, wie undankbar seine kleine Schwester sei. Anscheinend hatte er gemerkt, dass Pork nicht mehr an das gestohlene Werkzeug dachte. Pork war in Gedanken woanders, und Duane wollte ihm den Gefallen tun, über das zu quasseln, was ihm vielleicht durch den Kopf ging. Aber er hatte keinen Schimmer.

Pork dachte weder an Sachbeschädigung noch an Strafanzeigen oder undankbare Jugendliche. Er dachte daran, wohin Flory und Roy flüchten könnten. Sie würden nicht weit kommen. Einheimische Straftäter kamen nie besonders weit. Aber vielleicht ans Meer. Das war möglich. Wenigstens würde er das in Betracht ziehen, wenn er auf der Flucht wäre. Er würde sich fürs Meer entscheiden. Und wer ein Auto klauen konnte, konnte auch ein Boot klauen. Oder sich als blinder Passagier an Bord schleichen. Die Welt besteht zu zwei Dritteln aus Wasser. Sie konnten überallhin. Und sein Chef würde sie weiter auf Rastplätzen suchen. Fast wünschte Pork, er könnte Roy und Flory seine Gedanken mitteilen.

Pork dachte daran, wie sich Roy und Flory in diesem Augenblick wohl fühlten. Sie waren erst seit knapp einer Stunde auf der Flucht. Roys Kleidung war bestimmt klatschnass, es sei denn, er hatte irgendwas angezogen, das Flory ihm mitgebracht hatte. Sie waren irgendwo mit dem Wagen von Roys Tante unterwegs. Über Polizeifunk war er bereits als gestohlen gemeldet worden. Pork stellte sich plötzlich vor, wie Flory Roy beim Fahren die Haare abtrocknete, das Radio lief, der Wagen machte einen Schlenker, die beiden lachten, und Flory konnte einfach nicht aufhören, ihm durchs Haar zu streichen und die Hände über seine Brustwarzen, seinen Bauch gleiten zu lassen. Keine Spur von Missmut. Pork spürte, wie sich sein Puls beschleunigte. Er wusste, dass Roy und Flory in diesem Moment außer Atem waren, auf der Flucht.

Durch das Loch im Dach war der blaue Himmel zu sehen, den der Wolkenbruch hinterlassen hatte. Am schartigen oberen Rand der Öffnung bildeten sich dicke Wassertropfen, die irgendwann auf den schmutzigen Boden tropften. Pork stellte sich unter das Loch, um zu spüren, wie die Tropfen auf sein Gesicht fielen.

An einem Dachbalken hing ein kleiner Fetzen von Roys Hemd. Da war Roy runtergerutscht. Vom Dach herunter, die Treppe und die Feuertreppe hinunter, die Gasse, die Straße und inzwischen vermutlich ein paar Kilometer das Flusstal entlang.

Aber Pork drehte das Ganze um. Als er durch das Loch hinaufschaute, malte er sich eine Aufwärtsbewegung aus, als hätte Flory das Loch gehackt, wäre durchs Dach aufgestiegen und hätte sich mit Roy in Luft aufgelöst. Als wären sie hinaufgeschwebt und über die Stadt und das Tal hinweg davongeflogen. Wie zwei von ihren Körpern befreite Seelen. Auf und davon.

Irgendwo im Osten grollte leiser Donner. Wahrscheinlich auf dem Weg zur Küste, genau wie Roy.

Pork starrte in das blaue Licht, das durch das Loch hereinfiel. Wassertropfen glitzerten auf seinem Gesicht. Duane stand hinter ihm und hätte gern gewusst, worüber um alles in der Welt er grinste.

FLUGBAHNEN

Manchmal beugt sich die Geschichte den Regeln eines einzelnen unbedeutenden Menschen.

Ich hab früher mal über den Grassy Knoll und den zweiten Schützen nachgedacht. Den *zweiten* Schützen? Verdammt nochmal, den dritten, den vierten ... den siebten! Wobei «nachgedacht» meine akribische Spurensicherung nicht mal annähernd beschreibt. Ich hab allein den größten Teil eines Jahres damit zugebracht, die Kanalschächte am Dealey Plaza unter die Lupe zu nehmen. Die Vektoren haben mich auf Heckenschützen gebracht, die aus Gullis hervorspähten, und darauf, dass der Secret Service ein Sicherheitsrisiko ist. Und erinnern Sie sich: Der Fahrer von Kennedys Limousine kam *lachend* von seiner Vernehmung vor der Warren-Kommission! Wir hatten Fotos, die das beweisen.

Und außerdem waren da noch die verärgerten Agenten aus der Schweinebucht, die Giancana-Kuriere, die Spione, die Mafia und *los gusanos*. Ich verfolgte jede Spur. Oswald hatte nicht allein gehandelt! Das wusste ich. Ohne Zweifel. Oft ohne handfeste Beweise, aber auch ohne Zweifel.

Lee, Lee. Armer verschlossener, im Stich gelassener kleiner Lee. Junge aus der Bronx mit Louisiana-Akzent. Lee, der Legastheniker. Die Marines bringen Männer hervor, aber aus ihm wurde nur Oswald Rabbit. Was für Verbindungen gab es?

Keine. Vermutlich nichts. Nach dem Besuch saß ich drei Tage in meinem Arbeitszimmer und kam schließlich zu dem Schluss, dass das Ganze auf nichts hinauslief. Zufall. Lee beschließt, den Präsidenten zu ermorden, den einzigen Amerikaner, der das Interesse seiner mürrischen russischen Ehefrau zu wecken scheint. Oder er liest in der Zeitung, dass die Wagenkolonne des Präsidenten an dem Gebäude vorbeifahren wird, in dem er arbeitet, und beschließt vielleicht *erst dann,* den Präsidenten zu ermorden. Ursache und Wirkung, Wirkung und eine Ursache oder alles reiner Zufall. Was davon trifft zu, Lee?

Drei Schüsse, und er lässt die Waffe sinken. Er sieht, was er getan hat, aus einem Blickwinkel und mit einer Aussicht, die niemand anders auf Erden je haben wird. Darin liegt die Schönheit des Ganzen. Etwas Erhabenes nur für ihn. Und die anderen können ihn mal.

Das ist meine Version, und glauben Sie mir, ich habe alle anderen gelesen. Meine Version, und das war's. Vergessen Sie nicht, dass es keine weiteren Schüsse gab. Nur die aus dem Buchlager.

Was sollte ich also tun, als ich mich entschieden hatte?

Mientsky anrufen und ihm sagen, dass es vorbei war.

Mientsky ist ein pensionierter Anwalt des Verkehrsministeriums, der in Albany wohnt. Er war die letzten zehn Jahre mein Pate auf der Verschwörungsschiene. Auch ein Verschwörungstheoretiker. Das reimt sich auf Empiriker.

«Das war's», sage ich zu Mientsky. «Lee war der einzige Schütze.»

Am anderen Ende der Leitung holt Mientsky tief Luft. Er knurrt ins Telefon: «Du kleiner Scheißkerl.»

Ich stelle mir vor, was für ein beschissener Bürokrat er gewesen sein muss.

«Wovon zum Teufel redest du da?», fragt er.

Ich wiederhole es.

«Ich bring dich um.»

«Quatsch.»

«Ich komm rüber und bring dich um.»

«Die Fahrt dauert einen Tag. Reg dich ab.»

«Scheißkerl», zischt er nochmal in den Hörer. «Wer hat dir das eingeredet? Hast du wieder *JFK* gesehen und entschieden, dass Oliver Stone für dein Gefühl ein bisschen zu sehr übertrieben hat? Ist es das?»

«So finde ich es vernünftiger», sage ich zu Mientsky. «Ich hab im Leben schon oft genug erlebt, dass guten Menschen aus purem Zufall was Schlimmes zustoßen kann.»

«Aus Zufall? Was für eine Scheiße. Nein, noch schlimmer als Scheiße. *Schund!* ‹Guten Menschen kann was Schlimmes ...› Um Gottes willen, ich kann kaum glauben, dass du mir so eine Scheiße erzählst. Ein Glück, dass du diesen Anruf bezahlst. Und Kennedy war übrigens nicht gerade ein ‹guter Mensch›. Habt ihr das kapiert, Leute?»

Mientsky glaubt, dass unsere Telefone seit Jahren abgehört werden, denkt aber aus irgendeinem Grund, der Postweg sei noch sicher. Normalerweise tauschen wir unsere Theorien und Informationen brieflich aus. Wir haben alles mit unseren Computern verschlüsselt. Wir telefonieren nur selten und schicken uns keine E-Mails. Mein Anruf hat ihn kalt erwischt, deshalb zog er wahnhafte Schlussfolgerungen. Verfolgungswahn ist sein natürlicher Zustand, Ausrasten seine Grundverfassung.

«Wer hat dich bearbeitet? *Wer?*»

«Niemand. Ich hab das mit mir allein ausgemacht. Ich steig aus. Oswald hat allein gehandelt. Klar, er hatte finstere Bekannte, aber wir werden nie alles genau wissen. Warum können wir nicht damit leben?»

«Weil es dem Tod gleichkommt. Unwissenheit ist Tod. Sie werden es ausnutzen.»

«Wer?»

«*Sie*, du Idiot! Weißt du, was Idiot bedeutet? Es kommt von dem griechischen Wort *idiotes* und bedeutet Privatperson. Jemand, der sich ausklinkt. Jemand, der weder an den allgemeinen Angelegenheiten noch am öffentlichen Leben teilnimmt. Ein Idiot. Das bist du. Es gibt nichts Öffentlicheres, nichts von größerem Interesse für die Allgemeinheit als diese Sache, und du entziehst dich. Bewusste Unwissenheit. Idiotie. Du!»

Mientsky knurrt und murrt noch ein bisschen und versucht es dann anders. «Hör mal, du bist doch begabt», sagt er. «Das weißt du. Im Lauf der Jahre hast du eine Fülle von Informationen zusammengetragen. Deine Artikel wurden überall gelesen und geschätzt. Wen von uns allen hat Mailer angerufen? Dich.»

«Er hat mein Material nicht benutzt.»

«Was weiß denn dieser habgierige kleine Dieb schon? Trotzdem, das ist verrückt. Ich mach mir Sorgen um dich. Was hast du schon? Eine Familie? Nein. Einen Job? Ja, aber wir sind deine Verbündeten. Und du lässt uns hängen. Hey, ich geb ja zu, dass wir schlechte Zeiten durchleben. Stone hat die Sache übertrieben. Posners Buch kommt gut an, aber die Wahrheit wird trotzdem ans Licht kommen. Die Geschichte wird zeigen, dass wir Recht haben. Egal, was Posner sagt, der Fall ist nicht abgeschlossen. Es gibt einfach zu viele Zusammenhänge. Oswald war ein bedeutenderer Mensch, als du oder deine neue Zukunft je wissen wird.»

«Er war kein bedeutender Mensch.»

«Er war ein Sündenbock!», brüllte Mientsky. «Das Wort hat Lee selbst benutzt. Ein herabwürdigendes Wort, aber der zerbrochene Zweig auf dem Pfad, der den Weg zum Versteck der Verschwörer zeigt!»

Jetzt zitierte er sich selbst. Ich erinnere mich an den Artikel. Er erschien ’88 oder ’89 im Mitteilungsblatt. Ich muss ihn davon abbringen, sonst redet er ewig weiter.

«Du sollst meine Sachen kriegen», sage ich. «Mein Material. Meine wichtigsten Quellen. Mit allem Drum und Dran. Ich weiß, dass die Sachen bei dir sicher sind.»

«Du schaffst sie weg?»

«Alles.»

«Ich kapier’s nicht. Verschweigst du mir irgendwas? Spaß und Drohungen beiseite.»

Ich blicke aus dem Fenster auf meine leere Einfahrt. «Ich will einfach Platz schaffen», sage ich.

«Platz?»

«Platz in meinem Leben. Ich will’s mit was anderem ausfüllen.»

«Das ist doch lächerlich.»

«Genau. Das ist das Schöne daran.»

«Hör mal, so läuft das nicht. Du musst logische Zusammenhänge herstellen.»

«Nein», sage ich. «So läuft es doch. Durch Zufall. Ohne Sinn. Durch Chaos. Keine logischen Zusammenhänge. Ich will bereit sein für all die Zufälle, die mir in der zweiten Hälfte meines Lebens widerfahren.»

«Du bist verrückt», sagt Mientsky. «So funktioniert das einfach nicht.»

«Es hat bei Lee funktioniert», sage ich. «Und weil es bei ihm funktioniert hat, funktioniert es auch bei uns anderen. Der Zufall regiert.»

Du hast einen Sohn, den du seit Jahren nicht gesehen hast. Er taucht praktisch unangemeldet bei dir auf. Du hast an ihn gedacht, ihn aber nicht gesehen. Plötzlich ist er da, doch er ist anders, als du erwartet hast. Er erinnert dich an Lee.

Mich hat der ganze Verschwörungskram in den Nixon-Jahren gepackt. Kent State wurde nicht von der Nationalgarde vermasselt, es war das beabsichtigte Ergebnis. Es gab die geheimen Bombenangriffe. Es gab Watergate.

Ich absolvierte gerade ein Graduiertenstudium, als Carl Oglesby (*The Yankee and Cowboy War*. Kansas City, Sheed, Andrews and McMeel, 1976) an die Universität kam, um einen Vortrag über das Attentat und die Machtachsen in der amerikanischen Politik und Wirtschaft zu halten. Kennedys Tod passte zu der gewaltigen Finsternis, die über dem Land lag. Die Energie, die in dieser Finsternis frei wurde, hatte eine Intensität, wie ich sie noch nie gespürt hatte. Das war das wahre Leben. Zumindest dachte ich das. Ich war besessen.

Ich las die ganze Zeit Verschwörungstexte über das Attentat und sichtete Beweismaterial. Ich besuchte Vorträge und Konferenzen. Mein Literaturexamen wäre fast den Bach runtergegangen, und meiner Ehe erging es tatsächlich so.

Cathy und ich trennten uns, noch bevor ich den Lehrauftrag an der N.C. State annahm. Da war Warren neun Monate alt. Cathy kehrte zu ihrer Familie in Pittsburgh zurück und heiratete zwei Jahre später wieder. Na ja, eigentlich zum ersten Mal, denn wir hatten keine Hochzeitsfeier gehabt. Ich traf sie und Warr ein paar Mal, aber dann wurde ihr Mann nach San Diego versetzt, und wir verloren uns aus den Augen.

Ich verstand es nicht, die Beziehung aufrechtzuerhalten. Als Warr ungefähr elf war, reiste ich einmal nach Kalifornien, doch es lief so beschissen, dass ich es nicht fertig brachte, ihn nochmal zu besuchen. Ich war Alkoholiker und konnte Warr nichts bieten, der glücklich mit einem Vater und einer Mutter in Chula Vista lebte. Schon als ich aus dem Wagen stieg und seine kleine Hand schüttelte, fühlte ich mich schäbig. Die Sonne brannte strahlend auf den Rasen herunter, und ich hatte noch nie so weiße Betongehsteige gesehen. Die Steine unter Warrens Füßen schimmerten von den Glimmerkristallen, und er kam auf Lichtnadeln auf mich zu. Ich hatte Angst davor, ihn zu umarmen. Die kalifornische Luft ringsum war trocken und stechend geworden.

Am Nachmittag saß ich auf der Terrasse und beobachtete, wie Warren das Rasendartspiel ausprobierte, das ich ihm mitgebracht hatte. Als Cathy gerade nicht hinsah, gab ich einen Schuss Wodka in den Eistee, den sie serviert hatte. Nach einer knappen Stunde ging ich wieder, sagte, ich würde vom Motel aus anrufen, um mit Warr essen zu gehen, aber das tat ich nicht. Ich flog wieder nach Hause. Danach meldete ich mich nie wieder.

Aber ich glaube, diese Begegnung führte dazu, dass ich zur Vernunft kam. Es folgten ein paar Umzüge, mehrere Jobs, eine gelöste Verlobung und schließlich der Entzug. Aber wenn ich meine Enthaltsamkeit an irgendwas festmachen kann, dann vermutlich an dem Besuch bei meinem Sohn, wo mich schon die Luft ringsum mit Angst erfüllt hatte. Irgendwie begriff ich, dass die stachelige Atmosphäre an jenem Tag den ganzen Planeten überzog. Es wäre überall genauso gewesen.

Also blieb ich trocken, hielt aber die Flamme der Verschwörung die ganze Zeit am Brennen. Die Theorien hielten mich aufrecht, wie es der Alkohol getan hatte. Die Muster waren berauschend. Jeder Verschwörungstheoretiker kennt diesen Rausch. Ich gab ein Mitteilungsblatt heraus, verdiente ein bisschen Geld mit Vorträgen, schloss Freundschaft mit Mientsky, dem Lordsiegelbewahrer vom Grassy Knoll.

In den Reagan-Jahren gab es eine leichte Krise, das Land war wie gelähmt, und wir konnten die Leute bloß für die Trilateral-Eskapaden der Bohemian Grove oder für George Bushs Skull and Bones in Yale interessieren. Aber dann kamen der fünfundzwanzigste Jahrestag des Attentats, DeLillos *Sieben Sekunden* und Stones *JFK*, und wir waren wieder im Rennen. Ich verschickte unseren *newsletter* über das Internet.

Dann tauchte Warr auf.

Als er mich besuchte, war er zwanzig Jahre alt. Genauso alt wie Lee, als er nach Russland ging.

Warr war kleiner und schmächtiger, als ich erwartet

hatte. Sein Haar war ordentlich gekämmt, und er trug ein gelbbraunes Golfhemd, das er in seine Baumwollhose gesteckt hatte. Sein Gürtel war ein dünner schwarzer Strich um seine Taille, so was hätte auch ich während meiner Jugend in den fünfziger Jahren tragen können.

Es war ein warmer Sommerabend, als ihn das Taxi absetzte und er mit einer kleinen Sporttasche vor meiner Tür stand. Als er an mir vorbei ins Haus ging, roch ich ein Desinfektionsmittel, wie es zur Reinigung von Bussen verwendet wird. Der Geruch hing wohl in seinen Kleidern. Während ich ihn zur Veranda führte, wo wir uns hinsetzen konnten, sah er sich ohne große Neugier im Haus um. Ich hatte extra Eisteemischung, Milch und drei Sorten Limonade gekauft, weil ich nicht genau wusste, was er gern trank. Er hatte nachmittags angerufen, gesagt, er sei in der Gegend, und gefragt, ob er vorbeikommen könne. Ich hatte Angst, dass es eher verwirrt als froh geklungen hatte, als ich sagte: «Ja, natürlich, klar, komm auf jeden Fall vorbei.»

Er wollte nur ein Glas Wasser haben. Als ich aus der Küche zurückkam, stimmte sein Anblick mich traurig. Er saß auf der Liege auf der Veranda und hatte die Beine ausgestreckt. Er trug ein Paar alte Laufschuhe. Das waren die einzigen Kleidungsstücke, die eine entfernte Ähnlichkeit mit den Klamotten hatten, die Studenten in seinem Alter normalerweise trugen. Er war angezogen, als würde er irgendwo in einer Wohngruppe leben und wäre auf kirchliche Kleiderspenden angewiesen. Ich gab ihm sein Wasser.

«Danke», sagte er. «Soll ich dich Dad nennen?»

«Kannst du machen», sagte ich. Aber wenn ich jetzt zurückdenke, hat er es nicht getan, kein einziges Mal während des ganzen Besuchs.

Als ich nach seiner Mutter fragte, sagte er, es gehe ihr gut. Sein Stiefvater sei vor sechs Jahren an einem Herzinfarkt gestorben. Ihr Leben hatte sich eingespielt, und sie war in eine kleine Wohnung gezogen.

«Wohnst du bei ihr?», fragte ich.

«Nein», sagte er. «Ich lebe allein.»

«Studierst du?»

«Nein.»

Er lächelte, als wollte er geheimnisvoll wirken, doch es sah bloß beschränkt aus, wie eine Art unsichere Selbstgefälligkeit. Ich hatte ganz oft gelesen, dass Lee stets ein unbestimmtes, halb verschmitztes Grinsen im Gesicht hatte, und ich fragte mich, ob ich dasselbe gerade bei Warr sah.

Er sagte, er habe eine Weile als Bankkassierer gearbeitet, dann habe er gekündigt und versucht, beim Radio unterzukommen, aber das habe nicht geklappt – etwas Genaueres sagte er nicht –, danach habe er bei einem Insta-Lube am Empfang gearbeitet, habe aber Ärger mit seinem Chef bekommen, und jetzt denke er daran, zum Militär zu gehen.

«Welcher Truppenteil?»

«Marine», sagte er. Da war er sich sicher.

Ich sah weiter den Menschen an, der vor mir in dieser Kleidung saß. Ich versuchte zu erkennen, welche meiner Eigenschaften in ihm zum Vorschein gekommen waren. Die Augen hatte er von seiner Mutter. Die Nase vielleicht von mir. Der Rest war schwer zu deuten. Ich versuchte, seine Gesichtszüge in bekannte Kategorien einzuordnen, aber es klappte nicht. Es war, als würde ich im Kopf ein Foto retuschieren.

«Warum hast du an jenem Abend nicht angerufen?», fragte er erwartungsgemäß.

Ich saß auf der Bank neben dem Campingtisch und erzählte ihm von meiner panischen Angst, meiner Trunksucht, den dazwischen liegenden Jahren. Wenn schon, denn schon. Ich redete eine ganze Weile. Ich kam sogar auf meine Verschwörungstheorien zu sprechen, aber das schien nicht gut anzukommen, deshalb hielt ich den Mund.

Als Schweigen eintrat, war ich bestürzt. Das, was ich gesagt hatte, klang enzyklopädisch, wie eine lange Chronik von Versuchen, meine Pflicht zu erfüllen, eine Chronik völliger Feigheit. All das hatte ich diesem fremden jungen Mann offenbart, das Ergebnis meines Lebens. Draußen war es schon fast dunkel, bis auf die Lichter der Nachbarn hinter den Fliegengittern. Und auch die erloschen allmählich - in ihrem üblichen Werktagsrhythmus, wie mir prompt auffiel.

«Ich bin ganz gut zurechtgekommen», sagte Warr, «auch ohne dich.»

Ich stand auf und sagte, er solle in die Küche kommen. Auf dem Grill bereitete ich ein paar Hamburger zu und sagte, er könne gern bei mir übernachten. Am nächsten Tag hätte ich keine Kurse, wir könnten ein bisschen Zeit zusammen verbringen.

Er sagte, es sei nett, dass er bleiben könne. Dann bat er mich ohne Übergang oder jeglichen Zusammenhang um Geld.

Wir blickten beide auf unsere Teller und beobachteten, wie die Fettbläschen auf dem Plastik erstarrten.

«Von was für einer Summe reden wir hier?», fragte ich. Keine Ahnung, warum ich mich wie ein Gangster ausdrückte: «Von was für einer Summe reden wir hier?» Aber es war so, und das war mir peinlich. In meiner Verwirrung fiel ich von einem Jargon in den nächsten. «Meinst du eine kleine Starthilfe oder eine größere Investition in deine Zukunft?»

Er kniff die Augen zusammen, als hätte er nur wenig Geduld mit meiner nervösen Reaktion. Der Junge in der Kleidung eines alten Mannes wirkte einen Augenblick wie jemand, der eine unaussprechliche Ahnung von seinem eigenen Schicksal hatte und meine Verwirrung so schnell wie möglich überwinden musste.

«Fünfhundert Dollar.» Sein Ton klang stählern. Er sagte mir, was von mir erwartet wurde.

Ich stellte ihm einen Scheck aus. Er faltete ihn scharf und steckte ihn in die Tasche. Ich spülte das Geschirr. Dann gingen wir ins Bett, und seitdem habe ich ihn nicht mehr gesehen.

Am nächsten Morgen war er verschwunden. Er hatte meinen Wagen gestohlen.

Ich saß in meinem Arbeitszimmer. Die Standbilder von Zapruder, das Foto von Lee mit dem Gewehr und die Buchrücken der achtundzwanzig Bände der Warren-Kommission umgaben mich, während ich überlegte, was ich tun sollte.

Ich wollte, dass er das Geld behielt, ich würde den Scheck nicht sperren. Und der Wagen würde schon irgendwo auftauchen. Ich beschloss, die Polizei nicht zu verständigen. Ich hatte so eine Ahnung, dass er den Wagen bloß benutzte, um zu einem anderen Ort zu gelangen, einem wichtigeren Ziel. Ich blickte zu Lee auf, der auf mich herunterschaute. Warr hatte diesen Besuch geplant. Oder hatte der Besuch ihn geplant? Ursache und Wirkung oder

Wirkung und eine Ursache? Doch jetzt rollte mein Sohn irgendwo dort draußen in der Republik Hals über Kopf auf etwas zu. Genauer konnte ich es nicht sagen.

Auf Lees Beerdigung gab es keine Sargträger. Schließlich zogen sieben Reporter ihre Jacketts aus und ließen den Sarg ins Grab hinab. Der Name auf dem provisorischen Grabkreuz lautete «William Bobo».

Als ich drei Tage nachgedacht hatte, griff ich nach dem Telefon und rief Mientsky an, um ihm zu sagen, dass ich mit jeglichen Verschwörungen fertig sei.

Wir verabredeten uns auf dem ersten Autobahnrastplatz östlich von Buffalo, in westlicher Fahrtrichtung. Ich mietete ein Auto und einen U-Haul-Anhänger und lud meine Sachen ein. Dann räumte ich mein Büro aus. Mientsky sollte eine Anhängerkupplung besorgen und mich treffen. Auf dem Lastwagenparkplatz würden wir den Anhänger an seinem Wagen befestigen. Er würde meine Sachen mitnehmen, und ich würde unbelastet davonfahren.

Es war ein heißer Tag, knapp dreißig Grad und schwül. Als ich ankam, war Mientsky schon da und lief in Khakihose und weißem Button-Down-Hemd auf dem Parkplatz hin und her. Er trug eine Orioles-Baseballkappe. Natürlich war er immer noch fett, aber ich hatte ihn noch nie so adrett gesehen. Er ist Mitte sechzig und trägt normalerweise Jeans-Arbeitshemden und ausgebeulte Kordhosen – die typischen Klamotten der Linksradikalen. Aber heute sah er aus, als hätte er bei seiner Brokerfirma früher Feierabend gemacht, um sich noch das Lacrossespiel seines Sohns anzusehen. Offenbar zur Tarnung. Genau wie der Mietwagen.

«Ich hab deine alte Rostlaube gesucht», sagte ich, als ich neben ihm hielt. «Wo hast du geparkt?»

Mientsky stieß den letzten Rauch aus, den er aus seiner Zigarette gesogen hatte, und trat den Stummel in den heißen, zähflüssigen Asphalt. «Der weiße Lumina.» Er blickte sich um, als ob ihn jemand beschattete, und erst als er sicher zu sein schien, dass die hüpfenden Kinder und die unter der Hitze leidenden Rentner, die schnaufend zu der klimatisierten Fast-Food-Halle strebten, harmlos waren, deutete er mit dem Kinn auf den Wagen, der allein am hinteren Zaun des Sattelschlepperparkplatzes stand.

«Ich fahr dich rüber», sagte ich.

Er schüttelte den Kopf. «Fahr nur. Ich gehe zu Fuß.»

Also fuhr ich die dreihundert Meter über den Rastplatz und freute mich darüber, wie geschickt ich den Anhänger rückwärts in die Parklücke neben Mientskys Wagen bugsierte.

Mientsky kam herüber gestapft. Er hatte sich einen neuen Glimmstängel angezündet und hielt ihn mit der linken Hand, während er den rechten Arm wie eine Sense schwang. Hinter ihm dröhnte der Verkehrslärm der Autobahn. Die einzelnen Autos und Lastwagen hatten sich in zischende Schwingungen einer Seitwärtsbewegung verwandelt, in metallische Werbe- und Freizeitbanner, die schnurgerade wie Gewehrkugeln nach Osten und Westen flogen.

Wir machten den Anhänger los, fuhren seinen Wagen in die Parklücke und befestigten den U-Haul am Lumina. Die ganze Zeit sah sich Mientsky auf dem Rastplatz um. Ich sagte, er solle sich entspannen.

«Du meinst nicht, dass ich ein bisschen vorsichtig sein sollte?», fragte er.

«Nicht sonderlich», sagte ich.

Er warf seinen Zigarettenstummel auf eine grasbewachsene Verkehrsinsel. «Hör mal, so nett ich es finde, dass du mir all diese Sachen vermachst, es ist auch ein bisschen seltsam, verstehste? Es kommt ziemlich aus heiterem Himmel, stimmt's? Also sollte ich vielleicht doch vorsichtig sein.»

Wir sahen uns über seinen Wagen hinweg an, die Ellbogen aufs Dach gestützt, sodass wir uns anstarrten wie zwei Kinder, die an einem zu hohen Tisch saßen.

«Mein Sohn ist aufgetaucht», sagte ich.

Mientsky hatte keinen blassen Schimmer. Ich hatte nie einen Sohn erwähnt, also erzählte ich ihm die Geschichte von Warr. Irgendwann unterbrach er mich und schickte mich ins Burger King, damit ich zwei Becher Cola besorgte. Er wollte die Attentatsunterlagen nicht unbeaufsichtigt lassen. Als ich zurückkam, stellten wir uns in den Schatten des U-Hauls, und ich erzählte die Geschichte zu Ende.

«Dein Sohn trägt denselben Namen wie die Kommission, die die Lüge von dem einzelnen Schützen verbreitet hat», sagte er.

«Cath hat ihn nach ihrem Bruder genannt», sagte ich. «Das ist Zufall. Ist das zu viel für dich?»

Er saugte an den Eissplittern am Boden seines Bechers. Ich tat dasselbe, und so schlürften wir mit unseren Strohhalmen im Duett.

Er schlug mit der Faust gegen den beladenen Anhänger. «Das meinst du also mit ‹Möglichkeiten für Zufälle schaffen›», sagte er.

«Ich steuere auf eine neue Phase in meinem Leben zu», sagte ich.

«Hab ich's mir doch gedacht», sagte Mientsky. «Dein Sohn begeht irgendwo ein schweres Verbrechen, sie verfolgen den Wagen zu dir zurück, und das ist dann eine neue Phase.»

Mientsky nahm meinen leeren Becher und warf ihn zusammen mit seinem in einen Abfalleimer. Er musste auf der anderen Seite der Fahrbahn warten, während ein Sattelschlepper mit Tandemauflieger zwischen uns hindurchfuhr. Die silberne Masse der beiden Auflieger schien gar nicht mehr aufzuhören. Mientsky war dahinter verschwunden, und ich dachte an meinen Wagen. Ich sah ihn irgendwo geparkt. Bloß mein Wagen, einfach stehen gelassen. Ein Polizist schaut zum Fenster rein, kontrolliert das Kennzeichen und bittet über Funk um eine Überprüfung. Warr ist auf freiem Fuß.

Der Sattelschlepper war vorbeigefahren, und Mientsky wirkte auf der anderen Seite der Fahrbahn ziemlich klein. Er kam auf mich zu, und ich sah, dass er in Gedanken war. Er machte ein besorgtes Gesicht.

«Ich hab nachgedacht», sagte er. «Lee hat nie über seinen Vater gesprochen. Niemand, weder seine Mutter noch sein Bruder oder seine Kumpel bei den Marines, niemand konnte sich erinnern, dass Lee je über seinen Vater gesprochen hat. Lees Vater starb zwei Monate vor Lees Geburt, und Lee zeigte keinerlei Interesse an dem Mann.»

«Das stimmt nicht», sagte ich.

Mientsky grinste ganz leicht. «Richtig», sagte er. «Lee *war* an seinem Vater interessiert, ein einziges Mal. Als er in New Orleans war, besuchte er die Familie seines Alten.» Mientsky blickte mir ins Gesicht. «Weißt du noch, wo er als Nächstes hinging?»

«Dallas», sagte ich.

Mientsky legte mir die Hand auf die Schulter. «Egal, was dir widerfährt, mein Freund, lass was von dir hören.»

«Egal, was», murmelte ich und trat aus dem Schatten des Anhängers. Ich ging zu meinem Wagen.

Ich holte ein Paket raus, und Mientsky erkannte es sofort wieder. Er war völlig baff, offensichtlich gerührt.

«Für mich?», fragte er.

«Für dich», sagte ich.

Es war mein Mannlicher-Carcano-Gewehr, Kaliber 6,5 mm, wie auch Lee eins benutzt hatte.

Mientsky schob die Finger in das braune Papier, das ich um die Waffe gewickelt hatte, sodass er den metallenen Lauf sehen konnte.

«Du hast es eingepackt wie ein paar Gardinenstangen», sagte er.

«Das fand ich angemessen», erwiderte ich.

Wir gingen nach hinten, und Mientsky öffnete den Anhänger und steckte das Gewehr tief zwischen Aktenschränke und Kartons. Die Sonne fiel schräg in den Anhänger und erhellte die ganze Wellpappe. Ich beobachtete, wie der Schatten fiel, während Mientsky die Türen zumachte und alles einschloss.

Er stieg in seinen Wagen, wir verabschiedeten uns, und ich stand immer noch auf dem Parkplatz. An der nächsten Ausfahrt musste er abfahren und sich dann wieder nach Osten wenden.

Ich weiß nicht, warum, aber ich blieb auf dem Parkplatz und wartete fast eine halbe Stunde, bis ich sah, wie der weiße Lumina mit dem U-Haul in der entgegengesetzten Richtung zurückkam. Mientsky schaute nicht zum Rastplatz herüber. Er hatte keinen Grund zu glauben, dass ich noch da sein würde. Er fuhr vorbei, das Kinn vorgereckt, den Arm im offenen Fenster. Ich sah, wie er in den Rückspiegel blickte, vielleicht um zu sehen, was der Anhänger machte, vielleicht auch auf der Suche nach dem FBI.

Kurz darauf war er verschwunden, und ich fühlte mich aufgekratzt und leicht. Während ich auf ihn wartete, hatte ich zwei Toyotas gesehen, die genau wie meiner aussahen, aber in beiden Fällen hatten Frauen am Lenkrad gesessen. Einer war nach Osten gefahren, einer nach Westen. Ich hatte kurz Hoffnung geschöpft, musste sie aber fahren lassen. Warr wurde vermisst, und Oswald hatte allein gehandelt. Dennoch erinnerten mich die beiden Wagen an all die Zufälle, die dort draußen auf mich warteten. Nicht bloß die staubigen, fragwürdigen, die ich in meinem ganzen Erwachsenenleben gesucht und die Mientsky in seinen Bau mitgenommen hatte. Sondern auch die neuen. Und sie warteten auch nicht bloß, sie kamen auf mich zu. Von Westen und von Osten. Mein Sohn, mein Wagen. Und manches andere. Diese Vektoren, diese Zufälle. Sie kamen auf mehreren Flugbahnen. Auf mich zu. Von überallher.

STICHE

Die Bienen tauchten wie aus dem Nichts auf. Louis musste auf das Nest getreten sein, denn er war vorangelaufen. Fitch, der hinter Louis lief, begann sofort zu schreien. Später konnte sich keiner von beiden erinnern, ob Robbie irgendwas gesagt hatte.

Louis hörte Fitch brüllen: «Verdammt, gib Gas, Louis! Gib Gas!»

Louis versuchte, schneller zu laufen. Er bekam ein paar Stiche ab, aber obwohl er ringsum im Laub einen wilden, bedrohlichen Schwarm spürte, fand er sofort, dass der Angriff etwas Komisches hatte. Im Laufen begann er sogar zu kichern. Er sah es als Zeichentrickfilm – drei Typen, die im Wald joggen und von einem Tornado aus Bienen verfolgt werden – oder als Geschichte, die er auf der Arbeit erzählen konnte. Er würde das Ganze mit einem wilden Flattertanz veranschaulichen. In der Pause würden sich alle in seinem Büro drängen und sich halb tot lachen.

«Um Himmels willen, lauf schneller!», brüllte Fitch. «Die stechen immer noch!»

Fitch war Louis' Ex-Schwager. Auch nach Louis' Scheidung kam Fitch jedes Mal zu Besuch, wenn er geschäftlich in der Gegend war, und immer bestand er darauf, dass Louis mit ihm trainierte. «Mein Dank für deine Gastfreundschaft, Louis», sagte Fitch immer. «Ich verlängere dein Leben.»

Louis versuchte wieder, schneller zu werden. Fitch war direkt hinter ihm. Sie liefen noch ein paar hundert Meter und blieben dann auf einem Hügel stehen, wo die Hartholzbäume von einer Gruppe Kiefern abgelöst wurden.

«Alles okay?», fragte Louis.

Fitch drehte sich um die eigene Achse, betrachtete seine Beine und duckte sich bei der leichtesten Bewegung der Blätter. «Was zum Kuckuck war das?», fragte er. «Ich hab keins von den Mistviechern zu sehen gekriegt.»

«Bienen. Hornissen. Keine Ahnung. Vielleicht auch Wespen.»

Louis hätte noch immer am liebsten gelacht. Obwohl er ungefähr ein halbes Dutzend brennende Stiche spürte, sah er an seinem Körper keine Schwellungen. Plötzlich merkte er, dass Robbie nicht da war.

Fitch drehte sich immer noch auf der Stelle, und Louis sah ein paar rote Flecke an seinen Oberschenkeln und Waden. Sie waren leicht zu entdecken, weil Fitch sich die Beine rasierte. Damit hatte er vor ein paar Jahren wegen eines Fahrradrennens angefangen und dann nicht wieder aufgehört. «Viele Frauen haben gesagt, sie hätten gern solche Beine wie ich», hatte er Louis erzählt.

«Wir sehen besser mal nach Robbie», sagte Louis. Er begann zu rufen, und erhielt Antwort von weit unten am Fuß des Hügels. Beim Angriff der Bienen hatte sich Robbie anscheinend zurückgezogen.

«Alles okay?», schrie Louis.

«Ja.»

«Wir gehen in Richtung Feldweg», brüllte Louis. «Komm durch den Wald auf den Weg zurück. Da treffen wir uns.»

«Okay.»

Also gingen Louis und Fitch den Pfad hinunter.

Das Ganze war Louis' Idee gewesen. Er hatte es am vorigen Abend vorgeschlagen, als er und Fitch eine Pizza geholt und Robbie Taft getroffen hatten, den Immobilienmakler, der Louis das Haus verkauft hatte. Fitch hatte Louis kritisiert, weil er wegen der Scheidung so deprimiert war. Louis wusste, dass Fitch Recht hatte. Manchmal lag er nachts im Bett und spürte, wie seine Lebensgeister schwanden. Er war froh, als sie Robbie begegneten. Da kam er sich wie ein Mann von Welt mit den richtigen Verbindungen vor. An dem Tisch, an dem sie saßen und auf ihre Pizza warteten, tanzten ihre Gesichter im Kerzenlicht. Louis schlug vor, morgens zu dritt auf dem Appalachi Trail zu laufen. Fitch schlug auf die karierte Tischdecke und sagte: «Klasse. *Trail Running*. Ich bin den ganzen Sommer im Central Park gelaufen.» Robbie sagte, sie könnten mit ihm rechnen.

«Wir treffen uns kurz vor Tagesanbruch», sagte Louis.

Als Fitch und Louis den Feldweg erreichten, gingen sie zum Auto zurück und hielten Ausschau nach Robbie. Sie kamen an eine Kreuzung, und als sie in den Seitenweg spähten, sahen sie ihn dort auf dem Rücken liegen, die Knie in der Luft, mit den Armen im Wind fuchtelnd.

Louis dachte, Robbie mache Spaß und spiele ihnen den triumphierenden Igel vor, der immer vor dem abgehetzten Hasen ins Ziel kommt, aber als er näher kam, hörte er Robbie keuchen: «Krieg keine Luft.»

Robbie war durch den Wald gekommen und ungefähr vierzig Meter von einem Haus entfernt, vor dessen Tür ein kastanienbrauner Impala geparkt war, auf dem Weg zusammengebrochen.

«Ich bin gestürzt», murmelte er.

«Ich lauf und hol deinen Wagen», flüsterte Fitch Louis zu.

«Ja. Gut», sagte Louis und gab Fitch die Schlüssel.

Fitch war in ein paar Sekunden hinter der Kurve verschwunden. Er musste ungefähr zweieinhalb Kilometer zurücklegen.

Robbie stöhnte. Louis wollte Erste Hilfe leisten, deshalb nahm er Robbies rechtes Handgelenk und tastete nach dem Puls, doch das Handgelenk war so dick und fleischig, dass er nicht die geringste Spur eines Herzschlags finden konnte, und so tätschelte er bloß Robbies Unterarm.

«Wie viele Stiche hast du abgekriegt?», fragte er.

«Vierzig», sagte Robbie. «Ungefähr.»

Jedes Mal, wenn Robbie die Augen aufschlug, sahen sie rot und verquollen aus.

«Hast du schon mal so auf Bienenstiche reagiert?», fragte Louis.

Robbie wälzte den Kopf hin und her. «Noch nie.»

Louis blickte auf. Der Kühlergrill des Impala starrte sie an.

Louis dachte, dass er vielleicht um Hilfe bitten sollte.

Aber wir brauchen keine Hilfe, sagte er sich. Robbie atmete, wenn auch mit Schwierigkeiten. Er war bei Bewusstsein, er redete. Dass Fitch den Wagen holte, war richtig. Es war nicht nötig, bei irgendwelchen Leuten an die Tür zu klopfen, sie zu wecken und den ganzen Krankenwagenzur-Klinik-Trubel in Gang zu setzen. Sie kamen allein zurecht.

Robbie versuchte, sich aufzusetzen, sank aber wieder zu Boden. «Oh», flüsterte er, «ich scheiß mir in die Hose.»

Louis wälzte ihn auf die Seite und half ihm, die Turnhose bis zu den Schenkeln runterzuziehen. Robbie entleerte sich auf den Weg. Es stank stark und ölig. In dem Augenblick fuhr an der Kreuzung auf dem anderen Weg ein Holztransporter vorbei. Louis sah, wie der Fahrer Kaffee aus einem Becher trank, wie er den Becher nach hinten kippte, um alles bis auf den letzten Tropfen auszutrinken. Der Fahrer sah sie nicht.

Wahrscheinlich egal, dachte Louis. Er betrachtete den armen Robbie, der versuchte, sich von seinem eigenen Kothaufen wegzuwälzen.

Louis zog sein T-Shirt aus, um seinen Freund abzuwischen. Er half ihm, die Turnhose wieder hochzuziehen, und warf das Hemd ins Gebüsch. Dann kniete er sich neben Robbie und betrachtete wieder das Haus mit dem Impala. Das Haus war von Brombeersträuchern zugewuchert. Die Verandalampe brannte noch. Wahrscheinlich ist sowieso niemand zu Hause, dachte er.

Plötzlich hörte Louis in der Ferne ein Auto. Er konnte sich nicht sicher sein, aber trotzdem sagte er: «Fitch kommt.»

Es war Fitch. Er hielt in Louis' Wagen. Stolpernd und taumelnd setzten sie Robbie auf den Vordersitz. Bis zum Krankenhaus waren es ungefähr fünfundzwanzig Kilometer. Robbie wirkte allmählich wacher. Er bat sie, an seinem Haus zu halten, aber Louis, der fuhr, hielt das für keine besonders gute Idee.

«Um Ellen Bescheid zu geben», sagte Robbie. «Damit sie mir ein paar Sachen vorbeibringt.»

«Ja», sagte Fitch von hinten. «Prima Idee.»

Also hielten sie in Robbies Einfahrt. Fitch sprang aus dem Wagen und lief zum Haus. Louis saß da und beobachtete, wie Fitch an die Tür hämmerte. Robbies Frau Ellen kam in kurzem Nachthemd nach draußen. Vielleicht war es auch ein T-Shirt. Später konnte sich Louis nicht mehr erinnern, was sie angehabt hatte, bloß dass er einen kurzen, unangebrachten Anflug von Lust verspürt hatte, als er ihre braun gebrannten Beine und den schräg nach oben gestellten Saum sah, während sie sich schläfrig am Kopf kratzte und Fitch gestikulierend erklärte, was vorgefallen war.

Louis sah durch die Windschutzscheibe, dass Ellen verwirrt war. Sie schaute zum Auto herüber.

«Es geht ihm gut», brüllte Louis, während Fitch zurückgelaufen kam und wieder einstieg. «Wir bringen ihn trotzdem ins Krankenhaus.»

«Seid ihr sicher?», rief sie, die Arme wegen der morgendlichen Kühle inzwischen vor den Brüsten verschränkt.

«Ja!», rief Fitch aus dem hinteren Fenster, während sie rückwärts aus der Einfahrt fuhren.

Doch Robbie starb, bevor sie zum Krankenhaus kamen.

Ungefähr auf halbem Weg dorthin hatte er Louis an der Schulter gepackt und ein Keuchen von sich gegeben, das klang, als würde es aus großer Entfernung kommen.

«Mein Gott», sagte Louis. «Hilf ihm.»

Fitch zwängte sich bereits nach vorn und versuchte, ihn von Mund zu Mund zu beatmen oder ihn wiederzubeleben. Louis wusste nicht, was von beidem.

Als sie die Notaufnahme erreicht hatten, Krankenpfleger in den Wagen kletterten und Robbie raushoben, sank Fitch auf den Sitz zurück und sagte: «Der Scheißkerl ist tot. Ich hab gespürt, wie er mir unter den Händen weggestorben ist.»

Ein paar Minuten später stellte sich heraus, dass Fitch Recht hatte. Ellen war eingetroffen, und der Arzt sagte es ihr. Louis und Fitch standen in der Nähe. Sie trugen noch ihre Turnhosen. Louis hatte nicht mal ein Hemd an.

Ellen zuckte zusammen, als sie es erfuhr. Sie holte tief Luft. Sie hört gar nicht mehr auf einzuatmen, dachte Louis, als wollte sie für Robbie weiteratmen. Schließlich stieß sie die Luft aus und begann zu schluchzen. Sie sank auf einen Stuhl. Fitch starrte aus dem Fenster auf den Garten des Krankenhauses. Louis ging zu Ellen und legte ihr behutsam die Hand auf die Schulter. Er sagte, es tue ihm furchtbar leid. Sie nickte. Sie schluchzte und nickte immer weiter.

Schließlich brachte ein junger Mann – jemand aus der Notaufnahme – Louis einen Operationskittel und stellte ihm Fragen. Der Mann füllte ein Formular aus. Er fragte Louis nach den näheren Umständen des Angriffs und den Erste-Hilfe-Maßnahmen, die Louis und Fitch geleistet hätten.

Ellen hörte auf zu weinen und schenkte Louis ihre volle Aufmerksamkeit. Sie wirkte geradezu hungrig, als könnte ihr Louis' Bericht irgendwie Nahrung geben. Louis fühlte sich unwohl, als er die Geschichte erzählte. Der Mann stellte ihm die Frage: «Warum haben Sie nicht den Notruf gewählt?»

«Wir dachten», sagte Louis, «wir hätten alles im Griff.»

Ellen wandte sich ab.

Als sie an jenem Abend auf dem Bahnsteig standen und auf den Zug warteten, der Fitch in die Stadt zurückbringen sollte, sagte Louis, sie hätten den Notruf wählen sollen.

«Mach dir keine nachträglichen Vorwürfe», sagte Fitch. «Wir haben getan, was wir konnten.»

Fitch trank ein Bier. Für jemanden, der so gut in Form war, trank er ziemlich viel. Er nahm seinen Matchbeutel von der einen auf die andere Schulter, schüttelte den Kopf und seufzte empört.

«Was?», sagte Louis, denn er dachte, Fitch sei verärgert über ihn. Louis war nervös. Er wollte, dass Fitch mit ihm mitfühlte, dass er seine Schuldgefühle insgeheim teilte.

«Es ist einfach ein Scheiß-Spiel», sagte Fitch. «Ein Idiot geht morgens joggen und kommt abends tot zurück.»

Wegen Fitchs geringschätzigem Benehmen wünschte sich Louis, der Zug würde rasch kommen.

Fitch nahm den Matchbeutel wieder auf die andere Schulter. «Seine Witwe ist echt niedlich.»

«Mein Gott, Fitch.»

«Tut mir leid.» Fitch schlug sich mit dem Handballen an die Schläfe. «Warum zum Teufel fällt uns so was in solchen Momenten auf?»

Louis wusste keine Antwort.

Auf der Heimfahrt dachte Louis daran, wie Fitch Robbie als «Idiot» und «Scheißkerl» bezeichnet hatte. Das kannte er vom Militär: Typen, die über ihre Kumpels fluchten, weil sie im Kampf gefallen waren; als hätten sie durch ihren Tod jene gekränkt, denen etwas an ihnen lag. Louis wusste, dass es ein Weg war, um damit fertig zu werden. Er hatte nie an einer Schlacht teilgenommen, aber er hatte den Typen zugehört, die bei Kämpfen dabei gewesen waren, und jetzt hatte er das Gefühl, dass er ein bisschen besser verstand, wovon sie gesprochen hatten.

«Ach, Robbie», sagte er laut im Wagen. «Du Scheißkerl.»

Ein paar Tage später fand in der Kirche der freien Gemeinden ein Gedenkgottesdienst für Robbie statt, und Louis ging hin. Der Gottesdienst war gut besucht. Robbie war ein beliebter Geschäftsmann gewesen, der sein eigenes Maklerbüro betrieben und das Fußball- und Softballteam seiner Töchter trainiert hatte. Ringsum weinten die Leute.

Nach dem Gottesdienst schüttelte er an der Kirchentür Ellen die Hand. Er konnte bloß sagen, dass es ihm furchtbar leid tat. Sie lächelte ihn zurückhaltend an, was wohl großherzig gemeint sein und Zusammengehörigkeitsgefühl ausdrücken sollte, auf Louis aber im Grunde genommen verächtlich und abweisend wirkte. Schließlich war er der Typ, der nicht genug Verstand gehabt hatte, Robbie zu einem nur vierzig Meter entfernten Haus zu bringen.

Nach dem Gottesdienst ging Louis nach Hause. Er wohnte nicht weit von der Kirche entfernt. Hinter sich hörte er langsam die Glocke läuten, die Totenglocke. Der Gottesdienst hatte ihn aufgewühlt, und eine nervöse Erregung, fast so etwas wie Wut saß in seinen Eingeweiden. Er ging in seinem Haus auf und ab, das Robbie ihm verkauft hatte, als Louis sich nach der Scheidung etwas Kleineres suchen musste.

In der Waschküche sah er den Operationskittel aus dem Krankenhaus neben seinen Joggingsachen hängen. Er zog sich die Laufkleidung an, fuhr zu der Stelle, wo der Appalachian Trail den Feldweg querte und parkte bei der Wiese, an der sie losgelaufen waren. Er stieg aus und lief den Pfad hinauf.

Es war ein heißer, bewölkter Tag. Im Radio hatte es geheißen, am Abend könne es zu Gewittern kommen. Louis lief leichtfüßig, er war überrascht, wie fit er sich fühlte. Er glitt zwischen den Birken hindurch den ersten Hügel hinauf, sprang über ein schmales, trockenes Flussbett und lief ein ebenes Teilstück des Pfads entlang, das zu einem Bach runterführte.

Am Fuß des Abhangs traf er auf einen Wanderer. Eigentlich roch er ihn, bevor er ihn sah. Der junge Mann verströmte den scharfen Zwiebelgeruch von altem Schweiß. Er trug einen dünnen Bart, der hier und da mit schmalen roten Bändern zusammengeflochten war. Sein riesiger Rucksack lehnte an einem Baum. Er badete die Füße im Bach, faltete das Aluminiumpapierchen eines Müsliriegels zu einem winzigen, dünnen Röhrchen zusammen, untersuchte es sorgfältig und strich es mit seinen langen, schmutzigen Fingerspitzen glatt.

«Sie joggen, was?», fragte der Wanderer.

«Ja», sagte Louis, verschnaufte und stellte fest, dass er mehr außer Atem war, als er gedacht hatte.

«*Trail Running*, stimmt's? Die neueste Mode in unserer ausufernden Besessenheit von jeglichen Freizeitaktivitäten.»

Louis lachte kurz auf. Er wünschte, er hätte nicht angehalten. Er hätte einfach an dem Wanderer vorbeitraben können, aber er hatte das Tempo gedrosselt und war stehen geblieben, deshalb fühlte er sich verpflichtet, sich kurz mit ihm zu unterhalten.

«Wohin wollen Sie?», fragte er.

Der Wanderer deutete mit dem dünnen Aluminiumröhrchen den Pfad hinter Louis entlang. «Nach Süden.»

«Das ist ja rückwärts», platzte Louis heraus. Der Wanderer blickte ihn an. «Ich meine, Sie ziehen's doch durch. Gehen die ganze Strecke?»

«Ja, Sir, das stimmt.» Der Wanderer verneigte sich in gespielter Südstaatenhöflichkeit.

«Fangen die meisten Leute nicht in Georgia an», fragte Louis, «und gehen nach Norden?»

«Ich bin nicht wie die meisten Leute», sagte der Wanderer. «Ich bin eigensinnig. Der eigensinnige Tom. Das ist mein Spitzname auf dem Trail.»

«Meinen Sie, dass Sie's noch vor dem Winter bis Georgia schaffen?»

«Keine Chance», sagte der Wanderer. «Wahrscheinlich suche ich mir ein warmes Plätzchen, wenn der Schnee kommt. Eine Witwe, die jemanden braucht, der kleine Arbeiten für sie erledigt und sie nachts warm hält. Und wenn der Frühling kommt, ziehe ich weiter.»

Der Wanderer war zu einem Cowboyakzent übergegangen. Der Satz über die Witwe erinnerte Louis an Ellen. Der Geruch des eigensinnigen Tom schnürte ihm die Kehle zu.

«Haben Sie da vorn irgendwelche Bienen gesehen?», fragte er.

«Bienen?», fragte der Wanderer und senkte und hob die Stimme wie ein ungläubiger Trottel. «Keine Bienen da.» Er blinzelte Louis durch das winzige Aluminiumröhrchen an, als wäre es ein Teleskop. «Warum fragen Sie?»

«Ein Freund von mir ist da auf ein Nest gestoßen», sagte Louis. «Und die Viecher haben ihn totgestochen.»

Der eigensinnige Tom ließ das Aluminiumröhrchen sinken. Einen Augenblick schien er von der Nachricht überrascht zu sein. «Wann?», fragte er.

«Diese Woche. Ich war dabei.»

«Zeigen Sie mir die Stelle.»

«Ich weiß nicht mehr genau, wo es war.»

«Doch. Denn deshalb sind Sie hier draußen.» Der Blick des Wanderers richtete sich auf Louis, er zielte mit dem Aluminiumlauf auf ihn.

Louis fand die Stelle wieder. Als sie näher kamen, hob er die Hand und blieb auf dem Pfad stehen wie ein Truppführer, der eine Patrouille anhält. Nahe an seinem linken Ohr hörte er den Atem des eigensinnigen Tom. Am liebsten hätte er ihn sich vom Leib geschafft, konzentrierte sich aber auf die Umgebung, um zu sehen, ob irgendwo Bienen waren.

«Hier ist er gestorben?», flüsterte der eigensinnige Tom.

Louis schüttelte den Kopf. «Hier wurden wir angegriffen. Er ist gestorben, als ich ihn zum Krankenhaus fuhr.»

«Warum haben Sie keinen Krankenwagen gerufen?»

«Halten Sie Ausschau nach den Bienen», sagte Louis mit scharfer Stimme und deutete mit dem Kopf den Pfad entlang. Er begann vorwärts zu schleichen. Der eigensinnige Tom stapfte und schlurfte hinter ihm und trat nach Steinen.

Louis wirbelte herum. Der eigensinnige Tom sagte: «Wenn wir die Bienen finden wollen, dann so. Seien Sie einfach darauf gefasst, dass Sie losrennen müssen.» Er kicherte.

Aber sie fanden nichts. Louis ging nervös weiter, bis die Hartholzbäume von Nadelbäumen abgelöst wurden. Sie drehten um und blieben an der Stelle stehen, wo Louis sie zuerst angehalten hatte.

«Was jetzt?», fragte der eigensinnige Tom wieder nahe an Louis' Ohr.

Louis blickte noch mal den Pfad entlang. Im Westen donnerte es leise. Im Wald war es still. Er wusste nicht weiter.

«Darf ich einen Vorschlag machen?», fragte der eigensinnige Tom mit ruhiger Stimme. Er klang wie ein Kellner, der eine Spezialität des Hauses empfehlen will. «Ein *Cairn*. Markieren Sie die Stelle mit einem kleinen Denkmal.»

«Ein *Cairn*.»

«Das ist schottisch, Laddie. Ein Steinhaufen. Die werden zur Markierung der Wege durch die verdammte Heide benutzt. Und als Denkmäler.»

Louis dachte an den Gottesdienst, die Glocke inzwischen verstummt, die Trauernden verstreut. Robbie war tot, aber Louis konnte ein Denkmal errichten.

«Ich helfe Ihnen», sagte der eigensinnige Tom.

Also begannen sie, Steine zu sammeln und aufeinander zu schichten. Sie wurden von keinen Bienen gestört. Ab und zu grollte der Donner, doch das Gewitter hing im Westen. Das Hauptgeräusch war das laute Klicken der zusammengefügten Steine.

Sie arbeiteten schweigend, bis der eigensinnige Tom fragte: «Haben Sie mal überlegt, was wäre, wenn Sie Ihrem Freund das Leben gerettet hätten?»

«Natürlich», sagte Louis. «Die ganze Zeit.»

Er legte zwei Steine auf den Haufen. Der eigensinnige Tom schichtete sie um.

«Und ...?»

«Was meinen Sie mit ‹*und* …›? Zum einen wäre ich dann nicht hier und würde dieses Denkmal errichten», sagte Louis. Er beobachtete, wie der eigensinnige Tom einen Stein oben im Haufen ein klitzekleines Stück verrückte, eine seiner Meinung nach überflüssige Veränderung.

«Manche Kulturen», sagte der eigensinnige Tom, «Indien, Polynesien, keine Ahnung, manche Kulturen glauben, wenn du jemandem das Leben rettest, steht nicht er in deiner Schuld, sondern umgekehrt. *Du* musst dich um *ihn* kümmern. Die Götter haben dich dazu ausersehen, diesen Menschen zu retten, und das zeigt, dass du für diesen Menschen verantwortlich bist. Du musst für immer auf ihn aufpassen. Wenn Sie diesen Typen also gerettet hätten, wären Sie für den Rest Ihrer Tage an ihn gebunden.»

Louis wünschte, es wäre so. Er hatte Robbie gemocht. Robbie war bloß ein Typ mit einer Frau und zwei kleinen Töchtern, der seinen Weg machen wollte. So charakterisierte ihn Louis, und so charakterisierte Louis auch sich selbst: bloß ein Typ, der seinen Weg machen wollte. Er hatte sich schon vor langer Zeit damit abgefunden, wie banal das klang. Inzwischen hatte er ein Alter erreicht, in dem er sich sogar damit tröstete. Louis empfand das als völlig ehrenwertes Ziel, in Robbies Fall jedoch, jetzt wo er tot war, fand er es herzzerreißend. Louis wünschte, er wäre an Robbie gebunden, er hätte ihn zurückholen können, damit sie einfach zwei Typen sein könnten, die ihren Weg machten.

«Aber jetzt», sagte der eigensinnige Tom, «sind Sie frei. Er ist tot, aber Sie sind frei. Traurig, aber frei.» Er legte einen Stein auf den Haufen, der inzwischen schulterhoch war und den Pfad völlig versperrte. Die Wanderer würden einen neuen Pfad um Robbies Denkmal herum treten müssen.

«Das ist doch albern», sagte Louis. «Traurig, aber frei. Das ist Quatsch. Sie sollten sich nicht mal vormachen, dass das für irgendwen tröstlich wäre. Ich *vermisse* den Kerl. Seine Töchter vermissen ihn. Seine Frau. Er hätte nicht sterben dürfen. Ich hätte ihn retten müssen, aber ich hab's nicht getan. Ich bin von gar nichts frei.»

Der eigensinnige Tom zuckte mit den Schultern. «Bei einem Ferienlager der Christlichen Jugend hab ich mal einen Jungen vor dem Ertrinken gerettet. Durch Mund-zu-Mund-Beatmung. Hab in New York ein Mädchen gerettet, das eine Überdosis Tabletten geschluckt hatte. In der zehnten Klasse hab ich meinen Mathelehrer beim Mittagessen mit dem Heimlich-Griff gerettet. Ich könnte noch andere nennen. Glauben Sie mir, wenn Sie anderen Menschen das Leben retten, entstehen Verbindungen, mit denen Sie nicht gerechnet hätten. Das ist eine Last.» Er hob einen Stein hoch und wuchtete ihn auf die Pyramide. «Diese Inder hatten Recht.»

Direkt über ihnen donnerte es. Louis spürte, wie er sich vor Schreck leicht duckte. Der Himmel im Westen war fast schwarz. Der Wind wurde stärker. Das Gewitter hing nicht mehr reglos am Himmel.

«Laufen Sie lieber», sagte der eigensinnige Tom. «Sie wollen sich doch nicht von dem Unwetter überraschen lassen.»

«Wollen Sie ein Plätzchen zum Übernachten?», fragte Louis, bevor er wusste, was er da sagte. Der eigensinnige Tom wirkte genauso überrascht wie er.

«Wollen Sie?», fragte Louis.

«Sie erwarten von mir, dass ich sage: ‹Klar, danke, Mann, ich hole meinen Rucksack.› Aber das tu ich nicht. Ich bin der eigensinnige Tom.»

Die ersten Tropfen, dicke Wasserperlen, klatschten ringsum auf die Blätter. Aus dem Tal dröhnten das Rauschen des Windes und das Plätschern des Regens herauf.

«Soll ich mich bei Ihnen bedanken?», fragte Louis.

«Was ist denn das für eine Frage?»

«Sie haben Recht. Tut mir leid ... danke.»

Louis streckte die Hand aus, aber der eigensinnige Tom trat vor und umarmte ihn. Louis war von den langen Armen und dem Geruch des jungen Mannes umschlossen, spürte das Kitzeln seines Bartes und hätte am liebsten aufgeschrien, doch er brachte keinen Ton heraus. Er stand da wie gelähmt und rang nach Luft.

Dann fing es richtig an zu schütten. Der eigensinnige Tom trat einen Schritt zurück. Beim nächsten Windstoß sank die Temperatur, und der reglos heiße Wald verwandelte sich in ein Chaos aus Wasser und Blättern. Louis stand da und beobachtete, wie der eigensinnige Tom hinter den Steinhaufen ging und seinen Rucksack nahm. Der Wanderer drehte sich um, vielleicht, um zum Abschied zu winken, vielleicht auch, um etwas zu sagen, aber Louis wartete nicht. Er lief los, ohne sich nochmal umzusehen.

In jener Nacht schlief er nicht gut. Das hatte er auch nicht erwartet. Der Regen und die Kirchenglocke, die zu jeder vollen Stunde läutete, hielten ihn wach. Er lag im Bett und dachte an Robbie, dachte über sein eigenes Leben nach, und unwillkürlich fielen ihm seine Niederlagen ein. Für einen Mann seines Alters und in seiner Stellung waren sie nicht ungewöhnlich. Seine Ehe oder zumindest das letzte Jahr davon, ein Marketingauftrag, der nicht geklappt hatte – aber davon hatte er sich erholt –, ein paar Investitionen, die schlecht, aber nicht katastrophal gewesen waren, das Alleinsein in mittlerem Alter, das er sich nicht so einsam und zeitlich unbegrenzt wünschte. Dann wurde die Liste belanglos, geradezu komisch. Eher Patzer und Schnitzer als Niederlagen. So wie er seinen Tritt in das Hornissennest zuerst eingestuft hatte, als er, Fitch und Robbie von den Viechern angegriffen wurden. Etwas, worüber man später lachen würde.

Das Telefon klingelte. Das machte Louis Angst. Er überlegte, ob er den Anrufbeantworter anspringen lassen sollte, riss sich dann aber zusammen und griff zum Hörer.

Es war Fitch. Im Hintergrund hörte Louis Bargeräusche.

«Ich weiß, ich weiß», sagte Fitch. «Es ist schon spät. Andere Zeitzone. Ich bin in San Francisco. Geschäftlich. Tut mir leid. Wegen der Uhrzeit.»

«Ist schon okay», sagte Louis. «Ich war wach.»

«Und was machst du?»

«Bin einfach wach.»

«Hey, ich ruf an, um zu hören, wie's dir geht.»

«Alles okay. Bist du auf einer Party?»

«Bloß in einer Hotelbar. Ein paar Drinks. Das übliche Blah-Blah beim Kontakteknüpfen ... Hör mal, ich ruf an, um zu erfahren, wie's mit Robbie gelaufen ist, wie sich das Ganze entwickelt.»

«Alle sind bestürzt», sagte Louis. «Die ganze Stadt.» Louis erzählte ihm von dem Gedenkgottesdienst.

«Du bist hingegangen?», fragte Fitch. Im Hintergrund der Bar pfiff jemand laut und klatschte dann Beifall. Der Regen prasselte gegen Louis' Schlafzimmerfenster.

«Ja», sagte Louis. «Ich bin hingegangen.» Er beschloss, nichts von dem Denkmal auf dem Pfad zu sagen.

«Mein Gott», sagte Fitch, «das war bestimmt nicht leicht.»

«Es war eigentlich ziemlich ergreifend», sagte Louis.

«Wetten, dass dich das dankbar macht», sagte Fitch. «Mich macht es dankbar. Ich hab viel über diesen Tag nachgedacht. Wie wir's geschafft haben. Das Glück und alles. Ich bin dankbar.»

Fitchs Stimme überschlug sich, er hatte zu viel gekippt. Louis war schläfrig. Die Entfernung zwischen ihm und Fitch, Fitchs Rausch, sein beschwingter Ton, all das machte Louis noch schläfriger, es machte ihn todmüde. Im Hintergrund der Bar sagte eine Frau klar und deutlich: «Ach, verschwinde.»

«Hey, ich hab gedacht, ich sollte vielleicht mal seine Frau anrufen», sagte Fitch. «Du weißt schon, ihr mein Beileid aussprechen.»

Das machte Louis wieder wach. Er konnte bloß noch an die Bemerkung denken, die Fitch auf dem Bahnsteig über Ellen gemacht hatte. Das brachte ihn auf die Geschichte des eigensinnigen Tom, der bei einer Witwe einziehen wollte. Dann fiel ihm sein eigener Anflug von Lust ein, als er Ellen direkt vor Robbies Tod in der Tür gesehen hatte.

«Besser nicht», sagte Louis.

«Was?»

«Lass es sein, Fitch.»

«Hey, ich will sie ja nicht *heute Nacht* anrufen, Herrgott nochmal. Ich will bloß ihren Nachnamen, ihre Nummer haben, damit ich sie anrufen kann. Wie heißt sie nochmal mit Nachnamen?»

«Sie will bestimmt nichts von dir hören.»

«Woher weißt du das?»

«Sie ist ziemlich aufgelöst.»

«Na, darum geht's doch, oder? Mitgefühl. Oder Einfühlungsvermögen oder was auch immer.»

«Vergiss es.»

«Hey, Louis, was soll das? Du hast ihr doch nicht gesagt, dass alles meine Schuld ist oder so was?»

«Natürlich nicht.»

«Also, was soll das dann?»

«Du willst sie anrufen, um was anzubahnen.»

«Was?»

«Du willst sie anrufen», sagte Louis, «und das nächste Mal, wenn du geschäftlich hier bist, vorbeischauen.»

«Mein Gott, Louis.»

«Sie ist verheiratet, Fitch.»

«Nein, ist sie nicht. Nicht mehr. Aber was willst ...?»

«Sie trauert.»

«Stimmt. Also gib mir ihre Nummer.»

«Keine Chance.»

Es trat eine Pause ein. Ein paar Sekunden lang ertönten im Hörer nur Bargeräusche. Dann sagte Fitchs Stimme: «Mein Gott, Louis, erhol dich mal.» Und dann legte er auf.

Louis stieg aus dem Bett. Er musste sich mal erholen, aber das war unmöglich. Er zitterte und roch jetzt seinen eigenen Schweiß. Sein Herz pochte. Die Erschöpfung schien diesmal keine Energie zu sein, die aus ihm abfloss und ihn leer machte, sondern eine dunkle Last, die in sein Inneres gekippt wurde und ihn völlig ausfüllte. Bald würde er so schwer sein, dass er sich nicht mehr vom Fleck rühren könnte.

Er stand da und lauschte dem Regen. Er fühlte sich wie unter der Steinpyramide begraben, die er am Nachmittag errichtet hatte.

Plötzlich hörte Louis ein Tuten. Es dauerte einen Augenblick, bis er begriff, dass es das Telefon war. Er hatte nicht aufgelegt, er hatte den Hörer noch in der Hand. Das Tuten klang wie ein Krankenwagen, der auf ihn zukam. Mit letzter Kraft legte Louis den Hörer auf, als würde er einen Stein in dessen letzte Ruhestätte legen.

DIE LIPPENSPALTE

Sie schoben das kleine Krankenbett aus dem Operationssaal den Flur entlang. Zwei Schwestern und der Arzt hielten die Eltern an der Tür zum Aufwachraum auf, bevor einer von beiden die Möglichkeit hatte, seine Tochter zu sehen. Der Vater hatte sich von der Infusionsflasche ablenken lassen, die an der Stange über dem Bett zu heftig zu schaukeln schien. Und ehe er sich versah, war sein Kind verschwunden, und der Arzt versperrte ihm den Weg.

Der Arzt sagte, alles sei gut gelaufen. Sehr gut sogar. Er habe den Mund des kleinen Mädchens wieder in Ordnung gebracht. Sie war zwei Monate vorher mit einer Lippenspalte zur Welt gekommen (niemand sagte mehr «Hasenscharte»). Der plastische Chirurg war Osteuropäer und hatte immer eine lederne Umhängetasche um, selbst jetzt, in Operationskittel, mit Mütze und Überziehschuhen. Er sprach mit leichtem Akzent und summte ständig vor sich hin. Der Vater hatte immer gedacht, es klinge nach einer Opernmelodie, doch er kam nicht auf den Namen.

Der Arzt sagte den Eltern, sie sollten einen Augenblick im Flur warten, er werde drinnen nachsehen. Dann kam eine Schwester an die Tür und sagte, dass immer nur einer von beiden hereinkommen und das Baby sehen dürfe. «Vorschrift», sagte sie. «Hier ist heute ziemlich viel los. Wir sind gleich wieder bei Ihnen.»

Die Eltern lehnten sich an die Wand zurück. Auf der anderen Seite des Flurs lauschte ein anderes Paar einem anderen Arzt. Der Vater hörte, wie der Arzt irgendwas von «Leistenbruch» sagte. Das Paar, ein Schwarzer und eine Weiße, wirkte interessiert, aber nicht beunruhigt. Als der Vater sie beobachtete, fühlte er sich erleichtert. Keine große Sache. Leistenbruch war nichts Ernstes. Manchmal wurde das ohne Voranmeldung erledigt. Kein Grund für banges Warten auf dem Flur.

Der Chirurg hatte den Eltern gesagt, dass die Operation unkompliziert sei, und das stimmte auch. Mit dem Gaumen des Babys war alles in Ordnung, es ging nur um die Lippe.

«Das ist die Grundlage plastischer Chirurgie», hatte er ihnen gesagt. «Mit gespaltenen Lippen fing für uns alles an. Und mit der Wiederherstellung von Nasen, die bei Duellen abgesäbelt wurden.»

Der Chirurg hatte Diagramme und Skizzen von der Lippe des Babys gezeichnet und erklärt, wie er vorgehen werde. Jedes Mal, wenn er sich mit den Eltern traf, zeichnete er eine solche Skizze. Er zeichnete dieselben Bilder auf Servietten, Papiertücher, Notizblöcke und das zerknitterte Papier auf dem Untersuchungstisch in seinem Büro. Sie vertrauten ihm und hatten sich zu Hause oft gegenseitig versichert, dass sie das Gefühl hätten, er sei ein guter Chirurg. Und für den Vater ergaben die Skizzen durchaus einen Sinn. Wenn auch nicht hundertprozentig. Sie gingen immer ein bisschen über sein Verständnis hinaus. Genau wie die gesummten Opernmelodien.

Der Vater spürte, wie sich seine Schulterblätter gegen die Wandfliesen drückten. Er rieb sich den Nacken. Seit einer Woche wachte er jeden Morgen mit Kopfschmerzen auf. Seit der Geburt des Babys hatte er immer gesagt, die Operation würde einfach sein, und es gebe keinen Grund, sich Sorgen zu machen. Doch die Kopfschmerzen zeigten, dass er sich Sorgen machte. Natürlich. «Du schleichst nicht jeden Abend auf Zehenspitzen ins Zimmer deines Kindes, um zu sehen, ob es noch atmet, und übergibst es dann einem Haufen Fremden, damit sie es betäuben.» Das hatte er zu Freunden gesagt, die er und seine Frau zum Abendessen eingeladen hatten. Alle hatten genickt.

Sie hatten über das Baby gesprochen, während es im Wohnzimmer in der Wiege schlief. Der Vater erzählte, er habe die Lippe bei der Geburt schon gesehen, bevor das Baby ganz aus dem Körper der Mutter heraus war. Er erzählte, sein Hirn sei in zwei Teile gespalten gewesen. Auf der einen Seite habe Freude geherrscht, auf der anderen höchste Sorge. Was fehlte dem Kind? Und was mochte ihm sonst noch fehlen? Weder er noch seine Frau hätten irgendetwas gesagt, bis nach einer Weile der Geburtshelfer das Schweigen gebrochen habe. «Machen Sie sich irgendwelche Sorgen?», habe er freundlich gefragt.

Der Vater erzählte den Freunden, seine Frau habe die Missbildung gar nicht bemerkt. Sie habe gedacht, es sei bloß ein ausgeprägter Herzmund. Direkt bei der Geburt sähen Babys richtig verschrumpelt aus, und die Mutter sei von einem Tag und einer Nacht voller Wehen so erschöpft gewesen, dass sie es einfach nicht bemerkt hätte.

Als der Vater all das seinen Freunden erzählte, merkte er, dass ihm die Kontrolle entglitt. Seine Freunde fühlten sich unbehaglich. Er sagte ständig, es sei keine große Sache, und doch redete er von nichts anderem. Seine Frau saß da und sagte kein Wort. Ihre Hand lag auf einem Tagebuch, das sie inzwischen überall dabeihatte, sogar jetzt. Der Vater sagte, man rechne eigentlich nicht damit, bei der Geburt des eigenen Kindes etwas wie eine gespaltene Lippe zu Gesicht zu bekommen, aber irgendwie doch, denn welcher Vater und welche Mutter liege nachts nicht wach und stelle sich vor, was alles schief gehen könnte? Der Vater redete ununterbrochen von der bevorstehenden Operation, von der Sorge um schlafende Kinder und darüber, sie Fremden zur Vollnarkose zu übergeben, als seine Frau aufstand und sagte: «Reden wir von etwas anderem.»

Im Krankenhausflur schaute er zu dem Paar auf der anderen Seite hinüber. Der Arzt war verschwunden, und die beiden standen da und starrten vor sich hin. Der Mann trug Safarikleidung. Er sah adrett aus und hatte neue, teure Laufschuhe an. Die Frau war übergewichtig und blass. Sie hatte eine große Handtasche dabei und einen Arm auf den Bauch gelegt. Mit der anderen Hand hielt sie die ihres Mannes, und die beiden ließen die Arme schwingen. Als eine fahrbare Krankentrage vorbeigeschoben wurde, auf der ein alter Mann lag, lächelten sie. Der Alte sang «Danny Boy». Die Schwester, die ihn schob, befahl ihm lachend, still zu sein. Sie hatte einen breiten karibischen Akzent.

All das registrierte der Vater. Glückliche Szenen in einem Krankenhaus. Wie oft kommt so etwas vor? Er schaute zu seiner Frau hinüber. Sie saß mit übereinander geschlagenen Beinen auf einem Klappstuhl und schrieb etwas in ihr

Tagebuch. Sie hatte während der ganzen Schwangerschaft darin geschrieben. Manchmal war er hereingeplatzt, und sie hatte erst aufgeblickt und aufgehört zu schreiben, wenn er ihr eine Frage stellte, und dann hatte sie ihn benommen und vielleicht auch ein bisschen beunruhigt angestarrt. Diese ganze Schreiberei ging ihm auf die Nerven, aber es war für ihn eine Ehrensache, nicht darin zu lesen.

Er hätte sie am liebsten gefragt, was sie da ständig schrieb, doch während er die Tür zum Aufwachraum betrachtete, fragte er bloß: «Was die da drin wohl machen?» Seine Frau antwortete nicht. Sie war ganz in ihre Aufzeichnungen vertieft.

Die Operation hatte sie von Anfang an nervös gemacht. Nach der Geburt, auf dem Heimweg vom Krankenhaus, als das Kind zum ersten Mal draußen in der Welt war, hatte sie geweint. Sie wollte nicht, dass irgendwer ihre Tochter sah. Aber sie kam darüber hinweg, und schon eine Woche später riss sie Witze darüber, dass die Leute im Park immer Probleme hätten zu sagen, das Kind sei hübsch. Die Kerbe in der Oberlippe reichte bis ins linke Nasenloch, und es sah aus, als würde das Baby ständig breit und spöttisch grinsen. «Sie betonen immer, wie hübsch seine Kleider sind», sagte seine Frau lachend.

Einmal hatte der Vater etwas gesagt, das er am liebsten zurückgenommen hätte. Das war bei dem Fläschchen um zwei Uhr nachts gewesen. Das Baby schrie, es hatte Blähungen. Er trug es umher und drückte ihm auf den Bauch. Dann sagte er zu seiner Frau, er könne mit Neugeborenen nichts anfangen. Das hatte er ganz allgemein gemeint: das Geschrei, das Chaos, die Strapazen. Aber da es ihr erstes Kind war und mit einer Lippenspalte geboren worden war, nahm seine Frau an, er meinte *ihr* Neugeborenes. «Wie kannst du bloß so was sagen», murmelte sie, stieg aus dem Bett und sagte: «Gib sie mir. Ich nehme sie.»

«Nein. Ich mache das», sagte er und drehte sich weg, stellte seinen Körper zwischen seine Frau und das Kind. Sie legte sich wieder hin, und er ging ins Wohnzimmer. Er versuchte gar nicht erst, ihr zu erklären, was er gemeint hatte. Er wünschte sich bloß, er könnte es zurücknehmen. Während er das Kind hielt, das endlich eingeschlafen war, fragte er sich, ob er es wirklich liebte. Er fragte sich, warum er das nicht wusste.

Vor ihrer Hochzeit hatte er sich einmal mit seiner Frau zerstritten und die Verlobung gelöst. Er war an die Küste nach San Francisco geflüchtet, um eine alte Freundin zu besuchen – er hatte seiner Frau nie davon erzählt –, aber der Besuch führte zu nichts. Er holte die Freundin in der Bank ab, wo sie arbeitete, und sie aßen zusammen zu Mittag. Er merkte sofort, dass aus der Sache nichts werden würde. Also flog er am selben Tag nach New York zurück und ging eine Woche lang in den Adirondacks beim Sommerhaus seiner Eltern angeln. Innerhalb eines Monats hatte er sich wieder mit seiner Frau verlobt, und jetzt, fünf Jahre später, hakte er das Ganze als klassischen Fall von kalten Füßen ab. Vielleicht war das seine Art. Vielleicht war es nun mit seiner kleinen Tochter genauso. Dass er erst lernen musste, sie zu lieben.

«Einer von Ihnen kann jetzt reinkommen.» Die Schwester stand in der Tür.

Ohne nachzudenken, stieß der Vater hervor: «Zuerst ich.»

Seine Frau blickte auf. Sie hielt ihren Füller in der einen

und die Füllerkappe in der anderen Hand. Sie brachte kein Wort hervor. Der Vater stand auf und ging durch die Tür.

Mitten im Raum lag seine Tochter in einem Bettchen und schrie. Es waren noch andere Betten und Schwestern da, aber der Vater beachtete sie nicht. Er hörte seinem Baby zu. Die Stimme seiner Tochter klang heiser, und sie schrie mit kurzen, rasselnden Atemzügen. Unter der Nase hatte sie rund ein Dutzend blutverkrustete Stiche. Man hatte ihr ein Stück Draht auf die Wangen geklebt, um die Nähte zu schützen. Ihre Arme steckten in Schienen, und sie hing am Tropf. Sie sah noch bestürzter und verwirrter aus als im Augenblick ihrer Geburt. Der Vater beugte sich über das Bettchen und redete mit ihr, aber sie blickte durch ihn hindurch und schrie weiter.

Der Chirurg kam herüber und versicherte dem Vater, alles sei gut gelaufen. Der Vater sah, dass die Lippenlinie des kleinen Mädchens jetzt gerade war. Darüber freute er sich. Er bedankte sich bei dem Arzt, der einen Stift hervorgeholt hatte und aussah, als wollte er eine weitere Skizze zeichnen, doch dann zuckte er bloß mit den Schultern und sagte: «Ach, das war reine Routine.» Sie schüttelten sich die Hände.

Der Arzt sagte, das Kind müsse noch ein paar Tage im Krankenhaus bleiben, aber die Mutter könne im selben Zimmer schlafen.

«Vielleicht würde Ihre Frau das Baby auch gern sehen», sagte eine Schwester.

Als der Vater die Tür öffnete, sah er zuerst das Paar auf der anderen Seite des Flurs. Die beiden teilten sich eine Dose Limonade. Der Mann trank gerade durch einen der beiden Strohhalme, die in der Dose steckten.

Der Vater wandte sich um und sah seine Frau an, die inzwischen aufgestanden war. Sie suchte in seinem Gesicht nach einer Antwort auf die Frage, wie es um ihre Tochter stand. Er hielt den Daumen hoch. Sie lächelte, aber nur zaghaft. Vermutlich war sie noch verwirrt, weil er sich vorgedrängt hatte, um ihr Kind zu sehen.

«Ich bringe unsere Sachen nach Hause», sagte er, «und hole dein Nachtzeug. Ich sag allen Bescheid, dass alles gut gegangen ist. Sie sieht gut aus. Wirklich.»

«Okay», sagte seine Frau. Ihre Hand lag auf der Klinke zum Aufwachraum.

«Wir sehen uns später oben im Zimmer», sagte der Vater.

Seine Frau nickte. Als sie die Tür öffnete, hörte er das heisere Geschrei des Kindes. Es hörte sich ganz anders an als das normale Schreien ihres Babys, deshalb wusste seine Frau wahrscheinlich noch nicht, was sie da hörte. Sie ging hinein.

Der Vater nahm ihre Sachen, ihre Mäntel, die geflochtene Umhängetasche seiner Frau, die Zeitung, die sie während der Operation lesen wollten, aber nicht einmal aufgeschlagen hatten. Zum Abschied nickte er dem Paar auf der anderen Seite des Flurs zu. Der Mann grüßte zurück.

Draußen wehte ein warmer Wind vom Fluss herüber, und der Vater beschloss, durch den Park nach Hause zu gehen. Es war ein Donnerstagnachmittag Ende April. Er setzte sich auf eine Bank mit Blick auf den Fluss. Hinter sich auf der Promenade hörte er Jogger, Spaziergänger und das gelegentliche Klicken von Fahrradgangschaltungen. Er dachte daran, dass seine Tochter in ein paar Wochen geheilt sein würde. Der Arzt hatte gesagt, der Genesungsprozess könne ein bisschen anstrengend werden. Ihre Arme mussten geschient bleiben, damit sie nicht an der Wunde kratzen konnte, und sie musste mit einer speziellen Spritze gestillt werden, bis er die Fäden entfernen konnte. Aber am Memorial Day, hatte der Arzt gesagt, werde das Baby wie neu sein.

Der Vater betrachtete die Sachen seiner Frau. In der Umhängetasche sah er den Ledereinband ihres Tagebuchs. Er stellte sich vor, wie seine Frau jetzt mit ihrem Kind im Aufzug nach oben fuhr und durch die Krankenhausflure zur Kinderstation ging. Mutter und Tochter, ohne ihn. Er hörte sich «Zuerst ich» sagen. Das Licht vom Fluss glitzerte in den Baumwipfeln. Langsam griff er in die Tasche, zog das Tagebuch hervor und begann zu lesen.

DAS HAUS AM MEER

Mein Bruder ist seit ein paar Jahren arbeitslos. Zuletzt hat er bei einer Ölfirma in Houston gearbeitet. Er ist Geologe, und sein Spezialgebiet ist Weichgestein – das heißt Sedimentformationen. Die Branche baute Personal ab, und er wurde aussortiert. Ein Ausdruck, den die Firma für alle verwendete, die gefeuert wurden. Mein Bruder hat das Wort aufgegriffen, um sich selbst zu beschreiben.

Um die Zeit, als mein Bruder seinen Job verlor, starb unsere Mutter. Sie war in betrunkenem Zustand schwer gestürzt. Zwei Wochen lag sie im Koma, dann starb sie. Mein Bruder und ich bekamen Geld, das sie von ihrem Vater geerbt hatte, der mit dem Geld, das er von seinem Vater, einem sehr erfolgreichen Papierfabrikanten, geerbt hatte, an der Wall Street sehr erfolgreich gewesen war.

Seit mein Bruder seinen Job verloren hatte, lebte er von seinem Erbe. Der einzige Luxus, den er sich leistete, war eine Fahrradtour durch Europa direkt nach seiner Entlassung. Er war fast anderthalb Jahre dort, hauptsächlich in England, weil es da mit der Sprache einfacher war.

Vor seiner Abreise wies er darauf hin, dass auch ich

schon mal durch Europa geradelt sei. Ich hätte am liebsten gesagt, dass das schon zwanzig Jahre her war. Meine Reise hatte in einem völlig anderen Zusammenhang gestanden. Ich war damals halb so alt gewesen wie er. Ich hatte gerade mein Studium beendet. Die Welt lag noch vor mir. Das ist was anderes, als seinen Job zu verlieren.

Aber ich ging nicht näher darauf ein. Ich wollte kein Spielverderber sein. Soll er fahren, dachte ich. Soll er ruhig denken, dass da kein Unterschied besteht. Das sei ihm gegönnt.

Inzwischen ist er zurück, hat einen Vollbart und wallendes rotes Haar und wohnt allein in Dads altem Haus, dem Haus, in dem wir aufgewachsen sind.

Mein Bruder ist ein wunderbarer Onkel. Das kann ich in den Augen meines Sohnes erkennen, wenn mein Bruder zu Besuch kommt. Er kann stundenlang auf dem Teppich sitzen und Lego-Festungen bauen, er ist immer über die neuesten Zeichentrickfiguren und Superhelden auf dem Laufenden und hat auf seiner Reise durch Europa Kartenkunststücke und Taschenspielertricks gelernt. Damit begeistert er meinen Sohn. Er ist ziemlich gut. Sogar ich habe dabei meinen Spaß.

Die unausgefüllten Tage meines Bruders, seine vorbehaltlose Hilfsbereitschaft und die Zuneigung meines Sohnes zu ihm sind die Gründe, warum ich ihn bitte, mit mir einen gemieteten Laster nach Maine zu fahren, zu dem Haus, das ich mir mit meiner Frau kaufen will. Ich muss Möbel und Haushaltsartikel transportieren und den Kaufvertrag unterzeichnen. Meine Frau muss arbeiten, deshalb fahren bloß wir drei – mein Bruder, mein Sohn und ich.

Wir wollen das Haus als Sommerhaus nutzen. Wir bezahlen es zum Teil aus dem Erbe von meiner Mutter und zum Teil aus dem Geld der Familie meiner Frau, das sie ebenfalls geerbt hat.

Während seiner Fahrradtour hat mir mein Bruder ständig geschrieben. Nur Ansichtskarten. In dicht zusammengezwängten, runden Buchstaben, die im unteren Teil der Karte immer unleserlich wurden, enthielten sie die üblichen Standardsätze: *Ich denke an euch. England ist um diese Jahreszeit wunderschön. Was macht die Arbeit? Es ist wirklich interessant zu sehen, wie andere Menschen leben.*

Diese Banalität machte mich wahnsinnig, und ich hörte auf, die Karten zu lesen, und schrieb auch nicht mehr an die American Express-Filialen, deren Adressen er uns dagelassen hatte.

Als mein Bruder in die Staaten zurückkehrte, zog er zu Dad in das Haus unserer Familie bei Providence. Dad heiratete bald wieder, und mein Bruder blieb.

Dad war ziemlich schnell über Moms Tod hinweggekommen. Er arbeitete weiter und ging schließlich wieder unter Leute, verabredete sich sogar manchmal mit Frauen. Schneller als ich erwartet hatte, verlobte er sich mit der Witwe seines früheren Augenarztes. Die beiden kannten sich schon seit ihrer Kindheit. Sie haben sich in Coral Gables niedergelassen. Das alte Haus hat mein Vater an meinen Bruder vermietet, oder vielleicht wohnt er dort kostenlos. Ich weiß nicht, was sie vereinbart haben, und eigentlich ist es mir auch egal.

Vom Leben meines Bruders in dem alten Haus weiß ich, dass er auf seinem Banjo übt. Er ist so gut, dass er in ein paar abgelegenen Folkclubs in Cambridge und Boston auftritt. Ich weiß, dass er an den Wochenenden mit ein paar von seinen High School-Kumpeln, die aus unterschiedlichsten Gründen unverheiratet sind, Bier trinkt. Er schickt E-Mails mit britischem Slang an irgendwelche Typen, die er auf seiner Europareise kennen gelernt hat. Das ist alles, was ich von seinem Leben weiß.

Aber ich weiß, was ich von ihm erwarte. Ich erwarte ein bisschen Zorn. Ich erwarte, dass er über seine Entlassung schimpft, dass er ausrastet, weil unsere Mutter im Suff gestorben ist, dass er sich über Dads Ausweichmanöver ärgert und vielleicht auch an die Decke geht, weil ich gegenüber ihm so oft den älteren Bruder herausgekehrt und ihn in meinem verdammten Übereifer und in dem Bemühen, Sitte und Anstand zu bewahren, herumkommandiert habe.

Aber er rastet nicht aus. Er ist liebenswürdig, versöhnlich und fügsam.

Meine Frau sagt, er ist wie betäubt.

Ich pflichte ihr bei.

Und dann frage ich mich, ob das in der Familie liegt und ob wir es einfach billigen müssen. Unsere Mutter hing an der Flasche. Dad versteckte sich immer hinter seiner Arbeit. Nachdem ich die Wirtschaftsschule abgebrochen hatte, habe ich ein paar Jahre lang selbst zu viel getrunken. Und ich habe Geld geerbt. Wie wir alle. Wie könnten wir sonst so leben?

Ich sitze in Dads Haus und sehe mir *Der Schatz der Sierra Madre* an. Obwohl mein Dad schon vor Monaten mit seiner neuen Frau ausgezogen ist und mein Bruder inzwischen allein hier wohnt, nenne ich es immer noch Dads Haus.

Der Mietwagen steht in der Einfahrt. Mein Sohn schläft oben in meinem ehemaligen Kinderzimmer. Mein Bruder ist ausgegangen, um sich im Kulturzentrum eine irische Band anzuhören. Ich hab einen Film ausgeliehen. Im Kühlschrank habe ich ein Sixpack entdeckt und es zusammen mit einer Familienpackung Kartoffelchips ins Wohnzimmer mitgenommen.

Es sind noch ein paar Möbel da aus der Zeit, die wir hier als Familie verbracht haben: das blaue Sofa, der Küchentisch, ein paar von den Betten. Es gibt auch ein paar wahllos ausgesuchte Sachen aus Dads Zeit als Witwer und Billigmöbel, die mein Bruder von der Heilsarmee besorgt hat. Wenn ich mich im Haus umsehe und von vertrauten Gegenständen, die an ihrem alten Platz stehen, zu den fremden Möbeln gehe, ist es, als würde ich hören, wie jemand Englisch spricht, danach in eine Fremdsprache verfällt und dann wieder zum Englischen zurückspringt. Entschuldigung, was haben Sie gerade gesagt?

In meinem alten Zimmer stehen immer noch die beiden durchgelegenen Betten, aber sonst sind alle Spuren der Vergangenheit beseitigt. Das Zimmer ist neu gestrichen. Es dient jetzt als Gästezimmer.

Wie ich feststelle, schläft mein Bruder im großen Schlafzimmer, dem ehemaligen Zimmer meiner Eltern. Sein früheres Zimmer ist mit seinem Zeug aus Houston voll gepackt, seinem Fahrrad, seiner Campingausrüstung. Das große Schlafzimmer wirkt furchtbar karg. Weder Bettvorleger noch Teppich. Ein Einzelbett und eine Frisierkommode, kein Spiegel. Ein Rattanstuhl, ein Notenständer, sein Banjo. Die kahlen Fenster sehen aus, als wären sie auf die Wand geprägt worden. Das Ganze hat etwas so bewundernswert Schlichtes. Die Strenge verleiht der Tatsache, dass mein Bruder in unserem alten Haus wohnt, etwas Zweckmäßiges.

Während ich auf dem blauen Sofa liege und mir den Film ansehe, habe ich meinen Spaß an Walter Huston, dem alten Goldsucher. Seine nervöse, elliptische Sprechweise hat einen anderen Ton als die übrigen Dialoge in dem Film, was für Western aus den fünfziger Jahren ziemlich typisch ist. Das fällt mir schon bei seiner ersten Szene in der billigen Absteige auf, wo er Bogie und seinem Kumpel von dem üblen Einfluss erzählt, den Gold auf Männer haben kann, die sich eigentlich Freundschaft geschworen haben.

Aber ich bin zu müde, um mir den Film zu Ende anzuschauen. Und ich habe wohl zu viel Bier getrunken. Als ich aufstehe, bin ich leicht benebelt. Ich habe mir fast das ganze Sixpack reingeschüttet. So viel habe ich schon seit Jahren nicht mehr getrunken.

Ich beschließe, schlafen zu gehen, bevor mein Bruder nach Hause kommt. Ich will ihn nicht sehen. Nicht in diesem Zustand. Ich schalte das Video aus, lösche die Lichter, schließe das Haus ab.

Als ich die Kellertür zusperren will, halte ich inne. Stattdessen öffne ich sie, schalte das Licht an und schaue die Treppe hinunter. Der Fleck ist immer noch da.

Unsere Mutter ist diese Treppe hinuntergestürzt. Sie war betrunken. Wie sich herausstellte, zum letzten Mal. Sie landete kopfüber auf dem Betonfußboden. Als mein Vater nach Hause kam und sie fand, war sie schon seit Stunden bewusstlos. Im Krankenhaus fiel sie ins Koma, und zwei Wochen später war sie tot. Sie hat nie erfahren, dass mein

Bruder aussortiert wurde. Ihren Enkel, der damals noch ein Säugling war, hat sie nie richtig kennen gelernt. Vor dem Unfall hatte ich über einen Monat nicht mehr mit ihr gesprochen. Bei ihrem letzten Anruf hatte ich ihr gesagt, sie rede wirres Zeug, und dann aufgelegt. So entwürdigend waren unsere Gespräche geworden.

Vorsichtig steige ich die Stufen hinab. Ich fühle mich nicht mehr besoffen, weiß aber, dass ich's bin. Ich setze mich auf die dritte Stufe von unten und starre auf den Boden. Nach dem Unfall hat mein Vater das Blut so gründlich weggeschrubbt, dass inzwischen ein blasser Fleck durchschimmert, ein Wirbel aus weißem Beton.

Ich höre, wie oben eine Tür aufgeht. Mein Bruder ist da. Die Tür geht zu. Ich warte schweigend. Er soll nicht wissen, dass ich hier unten bin. Ich höre, wie er durch die Wohnung geht: zuerst in die Küche, dann auf die Toilette im Erdgeschoss. Er pfeift leise. Das Haus scheint für die Nacht verriegelt zu sein. Zum Glück kontrolliert er die Kellertür nicht. Er glaubt, dass ich in meinem alten Zimmer bei meinem kleinen Sohn schlafe. Aber ich bin hier unten. Ich warte und betrachte nicht länger den Fleck auf dem Boden, sondern starre in die verschmelzenden Schatten des Kellers. Als ich mir sicher bin, dass er schläft, schleiche ich die Treppe hinauf.

Drei Jahre lang war mein Bruder mit einer Frau namens Dolores zusammen, die er aber nicht heiraten wollte. Er hatte sie, glaube ich, auf einer Geschäftsreise nach Bozeman kennen gelernt. Sie war Verkäuferin im Geschenkartikelladen eines Hotels. Sie war fast so groß wie mein Bruder, der mehr als einsachtzig misst, aber ihre Züge drängten sich in der Mitte ihres Gesichts zusammen. Obwohl sie grobknochig war, wirkte ihre Haut zu blass und zu schlaff. Jedes Mal, wenn ich die beiden zusammen sah, klammerte sie sich buchstäblich an ihn. Für mich passte es nicht zu einer so großen Frau, dass sie ständig den Arm oder die Taille meines Bruders umklammerte ... aber da bin ich schon wieder am Kritisieren. Ich muss sagen, dass mein Bruder in ihrer Gegenwart immer strahlende Augen hatte.

Sie zog nach Houston, um bei ihm zu sein, nahm Büroarbeiten an und kümmerte sich um ihre gemeinsame Gartenwohnung, brachte ihn aber nie dazu, ihr einen Heiratsantrag zu machen. Als sich der Job meines Bruders in nichts auflöste und seine Zukunft düster schien, entschied sich Dolores schließlich zu gehen. Seitdem hat er nie mehr von irgendeinem Liebesleben gesprochen.

Auf der Fahrt nach Maine ärgere ich mich über ein paar Kleinigkeiten. Ich stelle fest, dass mich die Angewohnheit meines Bruders, beim Tagträumen mit leisem Schlürfen an der Unterlippe zu saugen, schon immer gestört hat. Irgendwie bekomme ich es, trotz des Lärms, den der Wagen macht, jedes Mal mit.

Und es ärgert mich auch, wie er sich treiben lässt. Nicht nur allgemein in seinem Leben, sondern überall, wo wir sind: an einer Tankstelle, wo er, die Hände in den Hosentaschen, auf dem Asphalt steht und sechs oder acht Takte der Melodie von *Familie Feuerstein* pfeift, in einem Restaurant, wo er einfach dasselbe bestellt wie ich, im Wartezimmer des Maklers in Maine, wo er dasteht, aus dem Fenster schaut und dann herüberschlendert und mir über die Schulter guckt, um zu sehen, was ich lese.

Aber im Grunde genommen hat er ein großes Herz. Er hilft uns bereitwillig bei diesem Umzug, ist immer da, wenn ich ihn brauche. Er freut sich auch, dass er auf meinen Sohn aufpassen kann. Er kümmert sich um ihn, während ich mich mit Anwälten treffe und Schecks für das Haus unterzeichne. So kann ich alles mühelos abwickeln. Das ist eine große Hilfe.

Das Haus, das wir in Maine kaufen, liegt am Meer, östlich von Bath. Es ist ein bisschen heruntergekommen, ja, aber es gehört ein großes Grundstück dazu, das eine Seite einer felsigen Landzunge einnimmt. Es liegt so geschützt, dass es einen Bootssteg hat. Von der Holzbank auf der Landzunge kann man acht Inseln sehen.

Wir bezahlen den vollen Kaufpreis für das Haus. Keine Hypothek. Kein Darlehen. Wetten, dass sich der Anwalt und der Makler das merken und die Sache sich in der Stadt herumspricht? Großstädter, der Typ sitzt da und stellt einfach einen Scheck über die ganze Chose aus.

Das hab ich getan. Es war gar nicht schwer. Ich hatte mich darauf vorbereitet. Ich habe jedenfalls weder geschwitzt noch das große Flattern gekriegt. Ich war so geistesgegenwärtig, dass ich merkte, wie der Anwalt, der Makler und die Frau, die das Haus verkaufte, vollkommen still wurden. Das Einzige, was ich hörte, waren der Füller und mein Handballen, der sich über die Schreibtischunterlage schob. Draußen rumpelte der im Märztauwetter schmelzende Schnee das Abflussrohr neben dem Fenster hinunter. Im Wartezimmer hörte ich meinen Bruder und meinen Sohn. Durch die halb offene Tür konnte ich beim Unterzeichnen einen flüchtigen Blick hineinwerfen und sah, wie mein Sohn auf dem Fußboden an einem Puzzle arbeitete, das ihm eine Sekretärin gegeben hatte. Vor ihm stand mein Bruder, der, die Hände in den Hosentaschen, an seiner Unterlippe sog und an die Decke starrte.

Ich will noch einmal zurückgreifen, noch vor die Vertragsunterzeichnung, zu unserer Ankunft am Haus. Wir hatten mit der Besitzerin des Hauses vereinbart, dass wir den Wagen ausladen durften, bevor wir die Papiere unterzeichneten. Dann konnte ich direkt danach fahren und den Mietwagen einen Tag früher zurückbringen.

Auf der Fahrt nach Maine hatte es lange gedauert, bis ich den *Schatz der Sierra Madre*-Kater vom vorigen Abend überwunden hatte. Nach sechs Stunden in dem lauten Führerhaus, wo wir zu dritt auf der Sitzbank gesessen hatten, mein Sohn mir ständig Fragen über Piraten gestellt und mein Bruder auf seinem Banjo herumgezupft hatte, war ich ziemlich wackelig auf den Beinen.

Ich hoffte, wir würden das Haus für uns haben, damit wir die Möbel ausladen konnten und ich durch die leeren Zimmer wandern, das Meer betrachten und mir das Boot vorstellen konnte, das wir vielleicht eines Tages am Steg festbinden würden. Aber als wir das Sträßchen entlangfuhren, auf dessen Wegweiser an der Hauptstraße ein Gewirr aus Pfeilen und Besitzernamen geherrscht hatte, sah ich, dass im Bereich der Einfahrt schon Lieferwagen, Autos und ungefähr ein Dutzend Leute standen.

Als ich auf dem Sträßchen parkte, blickten alle in unsere Richtung. Ich schaltete den Motor aus und griff nach der Tür, doch der Motor stotterte in dem halbtoten Zustand weiter, der als Nachdieseln bekannt ist. Der Motor rasselte und rüttelte das ganze Fahrzeug durch. Ich trat aufs Gaspedal. Irgendwo hatte ich gelesen, dass Piloten bei Fehlzündungen von Flugzeugmotoren so reagieren. Mein Sohn fragte, was mit dem Wagen los sei. Ich blickte auf und sah, dass die versammelten Einheimischen grinsten. Wenn der verdammte Motor endlich ausging, würden sie wahrscheinlich Beifall klatschen.

Als der Motor endlich erstarb, achteten die Leute glücklicherweise gar nicht darauf. Ein Wasserball, den irgendwer entdeckt und durch den Garten geschlagen hatte, hatte sie abgelenkt. Der Ball rutschte über den mehligen Schnee und glitt in eine Matschpfütze. Ein Junge rannte los, um ihn aufzuheben. Die Frau, die uns das Haus verkaufte, verließ die Gruppe und stapfte durch den nassen Schnee im Garten auf uns zu. Mein Bruder war schon ausgestiegen, schlenderte auf das Gebäude zu und betrachtete lächelnd die Giebel und Veranden. Auch mein Sohn wollte aussteigen und bäumte sich unter seinem Sicherheitsgurt auf.

Wir mussten warten, bis die Familie der Frau alles ausgeräumt hatte. Zuletzt verluden sie einen Rasentraktor, der in der Einfahrt über ein paar Planken auf die Pritsche eines Lieferwagens geschoben werden musste. Das übernahmen die Männer, nachdem sie den Frauen ihre Bierdosen gegeben hatten. Mein Sohn flitzte hinüber, um sich das Ganze anzusehen. Ich wahrte Abstand. Ich redete mit der Frau, die uns das Haus verkaufte, ein bisschen über unsere Fahrt. Ich war nervös: der Käufer – der Großstädter –, der es kaum noch erwarten konnte. Ich wollte vermeiden, dass das Geschäft noch platzte, dass irgendetwas die Vertragsunterzeichnung am nächsten Tag gefährdete.

Vom letzten Herbst, als meine Frau und ich hergefahren

waren, um uns das Haus anzusehen, wusste ich, dass hier eine Motorenwerkstatt gewesen war. Das hatte die Frau uns erzählt. Als ihr Mann noch lebte, hatte er irgendwann den Hummerfang aufgegeben und in der Scheune (die meine Frau abreißen wollte) Kipplaster und Schulbusse repariert. Die Kinder der Frau und deren Freunde hatten dort Schneemobile und Motorräder in Schuss gebracht. Trotz der Lage direkt am Wasser war das Haus eher ein Fuhrpark als ein Ferienhaus. Es war winterfest, die Frau hatte das ganze Jahr dort gewohnt. Niemand in ihrer Familie betrachtete es als Sommerhaus. Es war ihr Zuhause.

Ohne Rücksicht auf die Pläne meiner Frau platzte ich mit dem Vorschlag heraus, dass die Jugendlichen einen Teil der Scheune vielleicht weiter als Werkstatt nutzen könnten. Die Scheune bot mehr Platz, als wir brauchten. Und wir würden auch nur einen Teil des Jahres da sein.

Die Frau sagte, die Jugendlichen hätten bereits etwas anderes in der Stadt gefunden. Kein Bedarf. Trotzdem danke.

Sie war klein und heiter, ungefähr sechzig Jahre alt, war Raucherin und hatte einen nussbraunen Teint, als käme sie gerade aus Florida. Doch zufällig wusste ich, dass sie nicht dagewesen war, noch nicht. Erst in einer Woche würde sie fahren. Großer Urlaub, sagte sie. Und dann wieder nach Rumford, um bei ihrer Schwester zu leben. Sie habe jetzt Geld zum Reisen. Damit meinte sie mein Geld.

«Warum soll ich das nicht genießen?», fragte sie.

Sie wirkte kein bisschen traurig wegen des Verkaufs ihres Hauses.

Ich schaute zu, wie die Männer den Traktor auf den Pick-up hievten und die Frauen jubelten, als die Maschine auf die Pritsche schwankte. Die Männer wischten sich lächelnd die Hände ab, nickten mir zu und nahmen sich wieder ihre Bierdosen.

«Das war's», sagte einer von ihnen.

Sie fuhren aus der Einfahrt, parkten an der kleinen Straße, tranken ihr Bier aus und überlegten, bei wem sie später Pizza essen sollten. Ich begriff, dass ich den Umzugswagen rückwärts in die Einfahrt fahren musste, während sie zuschauten.

Mein Bruder war im Garten herumspaziert und hatte den Blick übers Wasser schweifen lassen, und als er wieder auftauchte, sagte er irgendwas über die Aussicht, wie schön das Meer sogar bei diesem trostlosen Märzwetter aussehe. Aber ich erwiderte, dass er bitte mit meinem Sohn in der Einfahrt bleiben und mich einweisen solle. Ich sagte, ich wolle den Wagen ans Haus fahren.

Ich fuhr an der Einfahrt vorbei, hielt an, legte den Rückwärtsgang ein und bog rückwärts auf die Scheune zu. Ich warf einen kurzen Blick auf die Leute auf der Straße. Seltsamerweise schauten die Frauen aufmerksamer zu als die Männer. Der Rückfahralarm piepte die ganze Zeit.

Im Seitenspiegel sah ich, wie mein Bruder mich geradeaus nach hinten winkte. Mein Sohn war bei ihm und blickte von seinem Onkel zu dem Wagen, der von mir, seinem Vater, gefahren wurde und immer näher kam. Er wirkte ängstlich, der Umzugswagen musste ihm wie eine riesige genietete Stahlwand erscheinen, die wie in einem Alptraum unaufhaltsam näher rückte.

Der Motor bockte ein bisschen. So laut, dass ich das Piepen des Rückfahralarms übertönte, rief ich meinem Bruder zu, ich wolle das Heck des Wagens ein Stückchen in die Scheune fahren, damit wir beim Ausladen nicht durch das Schmelzwasser laufen mussten, das von der Dachrinne tropfte. Als sich der Wagen näherte, traten mein Bruder und mein Sohn rückwärts in den dunklen Scheuneneingang. Im Spiegel sah ich ein weißes sonnenerleuchtetes Fenster, das hinter ihnen in der Dunkelheit schwebte.

Bald konnte ich nur noch den Kopf, die Schultern und die winkende Hand meines Bruders sehen. Dann verschwand er im toten Winkel.

Ich dachte: Als Letztes hat er mir angezeigt weiterzufahren. Aber er war verschwunden. Bevor ich anhalten konnte, hörte ich ein Quietschen und Knarren, das klang, als wären Holz und Stahl einem großen Druck ausgesetzt. Als würde ein Klavier auseinander gerissen. Als ich auf die Bremse trat und die Zündung ausschaltete, wusste ich immer noch nicht, was los war. Ich zog die Handbremse und sprang aus dem Wagen. Auf der Straße deuteten zwei Frauen nach oben auf die Scheunentür. Dort hatte sich der Wagen verkeilt.

Ich rannte seitlich entlang, zischte den Namen meines Bruders und fluchte. Ich schaute nach oben. Das untere Ende des Rolltores hatte sich am Wagendach festgeklemmt.

Ich wollte in die Garage, kam aber nicht hinein. Auf dieser Seite stand der Wagen zu dicht am Türrahmen. Ich stemmte mich gegen die Karosserie und zwängte mich mit der Schulter voran in den Spalt zwischen Wagen und Gebäude. Mein Bruder antwortete immer noch nicht.

«Wo bist du, verdammt nochmal?», schrie ich.

Im Halbdunkel der Scheune kam er hinter dem Heck des Wagens hervor. Er hielt meinen Sohn in den Armen. Er sagte, der Junge sei zu dem Wasserball gelaufen, als er sah, dass ich jeden Moment drüberfahren würde. Er habe den Jungen festhalten müssen. Als ich meinen Sohn fragte, ob alles okay sei, sagte er ja.

Ich konnte die Hand nicht ausstrecken, um die beiden zu berühren. Ich versuchte es, aber der Spalt zwischen dem Wagen und der Wand war zu schmal. Plötzlich spürte ich, wie die Karosserie gegen meine Brust drückte und mich wieder freigab. Ich dachte, ich hätte den Motor ausgeschaltet, aber er dieselte wieder nach. Der rüttelnde Wagen drückte mich an die Scheunenwand, klemmte mich ein und gab mich wieder frei, während kleine Explosionen aus seinem Inneren drangen. Es war äußerst knapp. Ich hätte in dem Spalt zerquetscht werden können.

Von draußen hörte ich Schritte im Schneematsch und die Stimmen der Männer und Frauen, die zur Tür hinaufschauten und «Oh-ooh» sagten. Als der Motor ausging, zitterte ich immer noch.

Wir können den Wagen doch nicht früher zurückgeben. Wir müssen die Scheunentür provisorisch reparieren und das Wagendach ausbeulen. Deshalb brechen wir erst spät nach Süden auf und verbringen die Nacht im Haus eines alten Collegefreundes von mir. Dieser Freund war zusammen mit mir mal Betreuer in einem Segelcamp in der Nähe des Hauses, das ich gerade gekauft habe. Jetzt arbeiten er und seine Frau nördlich von Boston als Lehrer.

Mein Freund sagt ständig, er könne nicht fassen, dass ich ein Haus in der Nähe unseres alten Camps in Maine gekauft hätte.

Hey, du könntest das Schwestercamp mit dem Kanu

überfallen, sagt er. Wie hieß das noch gleich? Existiert das überhaupt noch?

Dann seufzt er und sieht einen Augenblick traurig aus, und ich glaube, er fragt sich: Wo zum Teufel bin ich? Wer bist du? Über was rede ich hier?

Wir essen zu Abend. Während wir über die alten Zeiten reden, spielt mein Sohn mit der fünfjährigen Tochter meines Freundes, und mein Bruder blättert Zeitschriften durch. Mein Freund versagt sich jeden weiteren Anflug von Melancholie. Er fragt mich nach meiner Arbeit, nach meinen Plänen.

Mein Freund ist meinem Bruder noch nie begegnet, deshalb fragt er ihn, was er tue, und mein Bruder erklärt, er sei aussortiert worden, sei gereist und überlege, einen anderen Beruf zu ergreifen. Es klingt, als wäre das Ganze erst vor ein paar Wochen passiert, und nicht schon vor ein paar Jahren.

Mein Freund stellt mir weitere Fragen über das Haus. Ob ich New York verlassen und nach Norden ziehen wolle. Nein, sage ich. Meine Frau und ich hätten Arbeit in der Stadt. Für absehbare Zeit müssten wir dort bleiben. Wir würden das Haus im Sommer benutzen.

Dann spricht mein Freund über Hypotheken und die Vereinbarungen, die er treffen musste, damit er sein Haus kaufen konnte. Es ist ausgerechnet ein Blockhaus, auf einem 3000-Quadratmeter-Grundstück, ungefähr zwei Kilometer entfernt von der 495.

Ich versuche so zu tun, als würde ich mich mit der augenblicklichen Hypothekenlage auskennen, da er mich als Leidensgenossen betrachtet. Er soll nicht wissen, dass ich an diesem Nachmittag beim Makler war und das Haus ohne Hypothek gekauft habe. Ich finde, es würde seine Gastfreundschaft strapazieren, wenn ich es ihm sagte.

Als ich später, nachdem wir die Kinder ins Bett gesteckt haben, der Frau meines Freundes oben im Flur begegne, sind wir beide ein bisschen überrascht und verlegen. Sie fragt, ob sie irgendwas gesehen haben könnte, das ich gedreht habe. Als Werbefilmer werden einem solche Fragen gewöhnlich von Fremden gestellt.

Es ist seltsam, sie als eine Fremde zu sehen. In dem Sommer, als wir in dem Ferienlager arbeiteten, war mein Freund mit ihr verlobt, doch die Beziehung stand auf der Kippe. Sie schienen sich getrennt zu haben. Zumindest dachte ich das, als ich mich eine Weile mit ihr einließ. Es war ein wildes Versteckspiel, und ein paar Wochen lang waren wir beide wie von Sinnen. Sie kam heimlich von ihrem Sommerjob auf Cape Cod, und ich traf mich mit ihr in irgendwelchen Motelzimmern. Mein Freund hockte währenddessen im Ferienlager und blies Trübsal. Wenn wir allein waren, führten wir uns wie Wahnsinnige auf, und prahlten lachend damit, wie toll wir waren. Dann kehrte sie im Herbst zu meinem Freund zurück. In gewisser Hinsicht war ich damals erleichtert. Zu mehr wäre ich nicht bereit gewesen.

Ich habe ihm nie erzählt, was passiert ist. Sie waren damals noch nicht verheiratet. Ich weiß nicht, ob sie ihm je davon erzählt hat. Es ist lange her. Bei unseren paar Begegnungen seit damals war ich jedes Mal froh, dass alles so gekommen ist. Wir bleiben beide gelassen. Wir vermeiden jegliche längeren Blicke, jegliche Erinnerungen. Diese Zeit ist einfach vorbei und wir sind nicht mehr die, die wir damals waren.

Ich sage, dass sie bestimmt nichts von mir mitgekriegt hat, es sei denn, sie hätte zufällig Werbespots für öffentliche Versorgungsbetriebe in Nebraska, für Banken in Wisconsin oder einen Film über Sicherheitsvorkehrungen beim Wandern im Grand Canyon gesehen.

«Nichts Überregionales?», fragt sie.

Das Letzte war ein Taco Bell-Spot, aber er spielte auf den Film *Godzilla* an, und der ging baden, weshalb das Ding nie gesendet wurde.

«Keine Filme?», fragt sie.

«Nee», sage ich. «Noch nicht.»

Meine letzte Antwort klingt wie ein Zwitschern. Die kecke Äußerung eines hoffnungsvollen jungen Menschen.

Sie lächelt, und ich verspüre plötzlich den Drang, ihr zu sagen, dass ich noch manchmal an jenen Sommer denke, aber nicht anzüglich, sondern auf eine nette Art.

«Das ist nicht Steve, der da spielt», sagt sie.

Wir stehen am Treppenabsatz und lauschen. Aus der Küche dringt Banjomusik. Leise. Sogar traurig.

«Steve spielt», sagt sie, «aber nicht so gut.»

«Das muss mein Bruder sein», flüstere ich. Und ich denke daran, wie wir uns die beiden Männer in der Küche vorstellen, mein Bruder spielt, ihr Mann hört zu, die Musik treibt davon. Als ich auf der Treppe vorangehe, spüre ich ihre Hand auf meiner Schulter. Das versetzt mir einen Schock, doch ich drehe mich nicht um. Wir sind jetzt bloß zwei alte Freunde. Vielleicht tut sie es nur, damit ich auf der Treppe nicht das Gleichgewicht verliere. Jedenfalls konzentriere ich mich auf das Banjospiel meines Bruders. Er spielt so gut, dass in mir ein Gefühl des Stolzes aufflackert, jäh und kurz.

Später am Abend liege ich wach. Es gibt nicht genug Betten, deshalb schlafe ich zusammen mit meinem Sohn. Mein Bruder liegt unten auf einem Sofa.

Ich denke an die Hand auf meiner Schulter. An den traurigen Blick im Gesicht meines Freundes.

Mein Sohn atmet ruhig an meiner Brust. Ich denke, dass ihn der Möbelwagen, den ich gefahren habe, an diesem Nachmittag hätte überrollen können. Dass sich beinahe alles urplötzlich und auf furchtbare Weise für immer verändert hätte, doch dann hat ihm mein Bruder das Leben gerettet.

SPASSLAUF

Wir liefen immer die Fünf-Kilometer-Strecke auf dem mit Zedernspänen bedeckten Weg im Wald, und wenn wir zwischen den Pylonen hindurchkamen, die auf dem Fußballplatz als Ziellinie aufgestellt waren, nahm der Lauftrainer unsere Zeit. Unter den Kindern herrschte stets ein freundschaftlicher Wettkampf, aber wir Älteren liefen die Schleife schnaufend so gut wir konnten und blieben danach stehen, um allen zu applaudieren, die sich noch nach uns ins Ziel schleppten. Diese Spaßläufe, die die Stadt im Sommer jeden Dienstag an der High School veranstaltete, waren immer eine erfrischende und gesellige Abendbeschäftigung.

Doch an jenem Dienstag war der namengebende «Spaß» für mich schon verdorben, bevor wir losliefen. Und darum strengte ich mich zu sehr an. Alles lag daran, dass Robert Tarleton etwas über ein Buch sagte, das er vor kurzem gelesen hatte, einen Roman einer meiner ehemaligen Schülerinnen, der zwar gerade erst erschienen war, aber schon viele Leser gefunden hatte. Ich unterrichte Englisch an der Peeler Academy in Massachusetts. Vor ungefähr zehn

Jahren hatte Susannah Kingswood einige meiner Kurse besucht. Das hatte ich gegenüber Tarleton erwähnt.

«Ah ha!», sagte er.

Robert Tarleton – der, wie ich gehört habe, selbst Schriftsteller ist – sagte, er habe ihr Buch gelesen und es ganz gut gefunden, aber eins habe ihn auf die Palme gebracht. Etwas, das ich Susannah Kingswood als ihr ehemaliger Englischlehrer hätte beibringen müssen.

«Das Wort *gauntlet*», sagte er. «Sie benutzt es falsch. Sie lässt jemanden ein ‹gauntlet›, also Spießruten, laufen.»

Ich habe Susannah Kingswoods Buch zwar nicht gelesen (und mir seither geschworen, es auch niemals zu tun), aber ich hatte mitbekommen, dass es von einer Frau aus New Hampshire handelt, die im 17. Jahrhundert von den Abenaki-Indianern gefangen genommen wird. Die Geschichte der Gefangenen ist mit den Erlebnissen eines jungen Mädchens an einer Vorbereitungsschule im Neuengland der Gegenwart verwoben. Susannah hat das Werk in Interviews als «meine Interpretation von indianischer Gefangenenliteratur» bezeichnet. (Das ist ein Genre, das ich in meinem frühen Literaturkurs in Peeler behandle [z. B.: *Der Deerfield-Überfall* von Francis Parkman und *Mrs. Johnsons Gefangenschaft* von S. Johnson].)

«Spießrutenlaufen war eine Form von Folter oder Prüfung seitens der Indianer, oder?», sagte ich zu Tarleton und fügte hinzu: «Natürlich ist es auch ein Ausdruck für Handschuh, wie in ‹throwing down the gauntlet›, den Fehdehandschuh hinwerfen, was eine Herausforderung zum Duell darstellt.»

«Und das ist auch die einzige Bedeutung», sagte Tarleton.

Er war klein und glatzköpfig, nicht schlecht in Form und behauptete, er wäre in den letzten fünf Jahren stets einen Marathon gelaufen. Obwohl ich bei den Spaßläufen der Schnellere war, wirkte er etwa zehn Jahre jünger als ich. Ich applaudierte ihm jede Woche, wenn er ungefähr zweieinhalb Minuten nach mir ins Ziel kam.

«Es muss ‹running a *gantlet*› heißen», sagte er. «Das ist der richtige Ausdruck dafür. *Gantlet* – ohne ‹*u*›. Mit solchen Dingen hat es mein Vater sehr genau genommen.»

«Ihr Vater war ein Indianer aus dem 17. Jahrhundert?»

Das sollte ein Scherz sein. Aber Tarleton fasste es nicht so auf.

«*Gantlet* ist die richtige Bezeichnung», wiederholte er kühl.

Von einem anderen Teilnehmer an den Spaßläufen hatte ich gehört, dass Tarleton einen Bericht über seinen Kampf gegen Depressionen schrieb, verwoben mit einer Naturgeschichte des Flusstals, in dem wir wohnten. Das klang für mich nach einer geschwätzigen, schlecht konzipierten Dissertation. Aber in den New Yorker Verlagskreisen wird man vermutlich in die Hände klatschen: «Seht her, ein neuer Thoreau!» Und dann wird Robert Tarleton durchstarten wie eine Rakete. Trotzdem wäre ich der Erste, der sie alle daran erinnert, dass H. D. T., egal was er getan oder unterlassen hat, ganz sicher *nicht depressiv* war.

Irgendetwas an Tarletons vorwurfsvollem Ton, an seiner überheblichen Gewissheit bezüglich das Wortes *gantlet* trieb mich an jenem Abend dazu, mich zu sehr zu schinden. Dabei hatte ich mir vorgenommen, nicht mehr so schnell zu laufen, dass mir schwindlig wird. (Das geht auf die Zeit zurück, als mein Vater Lauftrainer war, ich in Peeler zum Team gehörte und mein Vater immer zu uns sagte: «Lauft, bis ihr entweder erleuchtet seid oder euch die Lichter ausgehen, sonst braucht ihr euch nicht Läufer zu nennen!») An jenem Dienstag lag ich jedenfalls beträchtlich über meinem normalen Tempo. Natürlich konnte ich nicht mit den Laufstars der High School oder den Betreuern im Collegealter Schritt halten, die von den Ferienlagern am See herüberkamen, aber ich zockelte auch nicht hinter dem Typen mit den Zwillingen im Baby-Jogger oder den schwatzenden Hausfrauen her.

Ich lief die beste Zeit, die ich je bei einem Spaßlauf erreicht hatte – 20:02 – und lag volle 2:55 vor Tarleton. Ich wäre fast umgekippt, kam aber allmählich wieder zu Atem.

Trotzdem verzichtete ich diesmal darauf, den später ins Ziel Kommenden zu applaudieren. Ich fuhr sofort nach Hause, duschte mich und fuhr zur Collegebibliothek, wo es ein Oxford English Dictionary gab, in dem ich das Wort *gantlet* nachschlug. Es stellte sich heraus, dass – ungeachtet der Meinung von Mr. Robert Tarleton – *gantlet* nicht das einzige Wort für jene Foltermethode ist, nicht einmal das geläufigste. In einer historischen Quelle, die dieselbe Wertschätzung genießt wie der Pfarrer Increase Mather selbst, wird der Ausdruck *gauntlet* zur Schilderung der aufgereihten keulenschwingenden Männer, Frauen und Kinder benutzt, zwischen denen ein wehrloser Gefangener hindurchlaufen muss. *Vide*:

> **1676** I. Mather *K. Philip's War* ... They
> stripped them naked, and caused them to run
> the Gauntlet.

Ich verließ die Bibliothek mit diesem befriedigenden etymologischen Fundstück, das mich die sechs ruhigen Tage bis zum nächsten Spaßlauf aufrechthielt.

Ich sage ruhige Tage, weil ich in diesem Tal auf eigenen Wunsch ein zurückgezogenes Leben führe. Ich bin Feriengast. Ein Leben lang, aber nur im Sommer. Meine Schwester bewohnt das alte Ferienhaus unserer Familie im Juli, ich im August. Diese Regelung funktioniert ziemlich gut. Im August, wenn sich die Schule für ein von einer großen Sportschuhfirma veranstaltetes Turnier in ein Feldhockeylager verwandelt, muss ich mein Junggesellenquartier in Peeler räumen, denn dann wird jedes verfügbare Zimmer gebraucht. (Laut Vertrag wird meine Suite höchstens zwei Trainerinnen überlassen, und hinterher kommt ein Reinigungsdienst und bringt alles wieder in Ordnung. Das hat immer perfekt geklappt.) Also komme ich jeden August in unser altes Ferienhaus und genieße nach den geschriebenen Anweisungen der schrulligen Sis, die noch immer nur über ihre kurzen Notizen auf Metzgerpapier mit mir kommuniziert, einen ruhigen Monat voller Heimwerkerarbeiten.

Neben den Arbeiten am Haus wandere ich manchmal auf dem Long Trail, lese für die Kurse im nächsten Schuljahr und nehme an den Spaßläufen teil. Deshalb verbringe ich die Ferien ziemlich einsam, doch das ist mir ganz recht.

Am folgenden Dienstag nahm ich mit meiner neuen Information für Mr. Tarleton wieder am Spaßlauf teil. Er dachte darüber nach und bedankte sich dann.

«Ist Ihr Vater noch am Leben?», fragte ich. Wir machten im Gras Aufwärmübungen, und die rund zwanzig Teilnehmer verteilten sich neben dem Trainertisch mit den Wasser- und Gatorade-Krügen. Am anderen Flussufer bot sich ein Panorama der Berge von New Hampshire.

«Nein», sagte Tarleton. «Ich muss ihm die Neuigkeit über *gantlets* in meinen Gebeten mitteilen.»

Ich fragte mich, ob er das ernst meinte. In seiner Stimme schien weder Ironie zu liegen, noch funkelten seine Augen spöttisch. Vielleicht betete er wirklich zu seinem Vater. Vielleicht handelten seine Gebete von Dingen wie korrekter Grammatik oder Vokabelfragen. Ich fragte mich, ob er zu jenen Menschen gehörte, die unbedingt geheim halten wollten, dass sie so oft und inbrünstig beteten, dass es schon an Verzweiflung grenzte.

In diesem Augenblick sagte der Trainer zu einem seiner High School-Läufer, wenn er sich nicht genug dehne, könne er sich eine Muskelzerrung holen. «Und dann», sagte er zu dem Jungen, «steigst du mit deinem eigenen Pulver auf. Weißt du, was das bedeutet?»

Der Junge wusste es nicht.

Der Trainer und Robert Tarleton lächelten sich an. Dann erklärten die beiden, dass Schwarzpulver gemeint sei, womit im Mittelalter Burgtore und Festungsmauern gesprengt wurden.

«Das stammt von Shakespeare», sagte der Trainer dem Jungen, der mit dieser Gelehrsamkeit anscheinend nichts anfangen konnte.

«Und zwar aus *Hamlet*», meldete ich mich zu Wort. «‹mit seinem eigenen Pulver auffliegen›.»

«Nein, das ist nicht aus *Hamlet*», sagte Tarleton, der sich noch immer in der Haltung eines Hürdenläufers dehnte, sodass seine Stimme aus der von Rumpf und Armen gebildeten Höhle hallte. Er richtete sich auf und wandte sich an uns alle: «Ich weiß nicht genau, aus welchem Stück es stammt, aber es ist nicht *Hamlet*.»

«Und viele glauben, es heißt ‹auffliegen›», warf der Trainer mit einem kurzen, freundlichen Lächeln ein, erst in meine Richtung und dann wieder zu dem Jungen. «Stimmt aber nicht. Es heißt ‹mit seinem eigenen Pulver aufgestiegen›. *Aufgestiegen*.»

All das stimmte nicht. Es war völlig falsch. Ich wusste im Innersten meines Wesens, dass sie sich geirrt hatten. Ihre vorlaute Gewissheit, ihre Wichtigtuerei gegenüber dem unwissenden Jungen, ganz zu schweigen davon, dass sie meine Meinung ignorierten – all das brachte mich fast zur Weißglut. Trotzdem sagte ich nichts. Ich antwortete mit meinem Lauf.

Bei jenem Spaßlauf verausgabte ich mich dermaßen, dass ich fast ins Taumeln geriet. Ich war so erschöpft, dass ich einmal, als kein anderer Läufer in der Nähe war, stehen bleiben musste, mich übergab und auf die Knie sank, um mich wieder zu sammeln. Erst als ich Schritte hörte und zwischen den Bäumen hindurch sah, dass sich Robert Tarleton näherte, konnte ich mich aufraffen und weiterlaufen. Trotz der Pause kam ich eine ganze Minute vor ihm ins Ziel.

Als ich die Ziellinie überquert hatte, lief ich weiter. Ich wusste, dass ich zurückkehren musste, um meinen Wagen zu holen. Trotzdem konnte ich nicht einfach stehen bleiben. Ich lief die neun Kilometer nach Hause fast im Sprinttempo.

Dort entdeckte ich in *Hamlet*, dritter Akt, vierte Szene, die Verse 207–210, wo der Prinz sagt:

Der Spaß ist, wenn mit seinem eignen Pulver
Der Feuerwerker AUFFLIEGT; und mich trügt
Die Rechnung, wenn ich nicht ein Klafter tiefer
Als ihre Minen grab und sprenge sie
Bis an den Mond ...
[Hervorhebung von mir]

Da stand es. Ich hatte mich so zusammengerissen, dass ich die Stelle innerhalb von fünf Minuten fand, obwohl ich ziemlich erschöpft zur Tür hereingekommen war. Am liebsten wäre ich mit dem Buch zum Spaßlauf zurückgerannt. Doch natürlich würden alle schon lange weg sein, wenn ich dort ankam, deshalb musste ich noch eine Woche warten.

Nach reiflicher Überlegung wurde mir klar, dass es unerträglich wäre, mit einer Werkausgabe zu einem Spaßlauf zu kommen, deshalb prägte ich mir die Verse ein. Ich war gut darauf vorbereitet, meine Laufkollegen aufzuklären. Ich würde eine fließende Ansprache halten.

Ich muss zugeben, dass ich mich vielleicht ein bisschen zu sehr auf den nächsten Spaßlauf freute. Doch die Tatsache, dass sich all meine Erwartung in Luft auflöste, als ich am Sonntag in der Gemischtwarenhandlung, in der ich meine *Times* kaufe, ein Plakat sah, machte mir nicht das Geringste aus. Susannah Kingswood las an jenem Abend in der Buchhandlung.

Da musste ich natürlich hingehen. Sie war eine ehemalige Schülerin und hatte inzwischen ein Buch veröffentlicht. Die Veranstaltung war eine gute Gelegenheit, ein Exemplar zu erstehen und von ihr signieren zu lassen.

Susannah Kingswood war mit ihrem Buch offenbar

ziemlich erfolgreich gewesen. Ich muss gestehen, dass ich kein Anhänger der Populärkultur bin – ich besitze keinen Fernseher und tippe diese Sätze auf einer mechanischen Schreibmaschine –, deshalb war mir nicht klar, wie gut sich ihr Werk verkaufte.

Sie kam mit einer Pressefrau vom Verlag in unseren kleinen Buchladen. Susannahs Lesung war Teil einer Tour durch zehn Staaten, zumindest hörte ich, wie ihre Begleiterin das zur Ladenbesitzerin sagte. Sie war eine füllige, aber agile Frau von ungefähr dreißig Jahren und trat auf wie ein bei seiner Truppe beliebter Sergeant. Wenn nötig, konnte sie Befehle blaffen, aber sie konnte auch ein joviales Schmollmundlächeln aufsetzen, das den Buchhändlern und Autoren sagte, dass sie mit ihnen im selben Boot saß.

Als ich eintraf, mühte sie sich gerade mit dem Podium ab, während die Ladenbesitzerin mit dem Mikrofon hantierte. In der «Lesenische» standen zehn Reihen Klappstühle, und es waren schon zwanzig Leute da, die sich nach guten Plätzen umsahen. Währenddessen stand Susannah im Gang mit den Biographien und unterhielt sich – worauf ich wirklich nicht vorbereitet war – mit Robert Tarleton. Er hatte einen Ellbogen aufs Regal gelegt und die Füße lässig gekreuzt. Er trug Cargo-Shorts, Sandalen und ein T-Shirt, das er bei einem seiner Straßenläufe bekommen hatte. Die Rückseite des T-Shirts war voller Logos von Mineralwasserfirmen und Energieriegelherstellern.

Susannah hatte dieselbe graziöse Haltung, die sie sich in Peeler zugelegt hatte, ihr dichtes brünettes Haar mit zwei Bändern zu einem lockeren, langen Pferdeschwanz gebunden. Sie strich über diesen Zopf, als wäre es ein Ozelot, den sie um die Schulter gelegt hatte. Sie hatte einen Baumwollpetticoat an, den sie als Rock trug, und hatte ein mexikanisches Tuch um die schmalen Schultern geschlungen. Sie hatte noch mehr Piercings und Armreifen, als ich aus ihrer Schulzeit in Erinnerung hatte. Sie sah immer noch hübsch aus. Und in diesem Punkt war Robert Tarleton wohl meiner Meinung. Obwohl ich sein Gesicht nicht sehen konnte, zeigte mir seine Haltung, dass er sich ins Zeug legte. Ich fragte mich, ob sie über ihren Gebrauch des Wortes *gauntlet* sprachen.

Inzwischen war Susannah bestimmt zehn Jahre weg aus Peeler. Ich hatte sie in der neunten und zehnten Klasse in Englisch unterrichtet und hatte sie als nur mittelmäßige Schülerin in Erinnerung. Es war stets schwer gewesen, sie in eine Diskussion einzubinden, denn sie war ungemein still. Aber hübsch. Verließ die Schule im zweiten Jahr. Ich habe nie in ihren Unterlagen nachgeschaut, warum genau, aber ich erinnere mich dunkel, gehört zu haben, die Schule habe zur Begründung die übliche (und beschönigende) Formulierung «veranlagungsbedingte Unterbrechung» verwendet.

Zu ihrem vierten Jahr kehrte sie zurück, und ich hatte sie in meinem Shakespeare-Kurs. Die Auszeit hatte ihr gut getan. Sie hatte sich zu einer eifrigen Schülerin entwickelt, war geradezu ausgelassen. Ich glaube, sie schrieb eine nette Arbeit über die Wassermetaphorik in Shakespeares *Sturm*. Vielleicht kicherte sie zu oft hinter vorgehaltener Hand mit den anderen Schülern, aber so was kommt in jeder Gruppe von Jugendlichen vor, die von einem Mann mittleren Alters beaufsichtigt wird. Da sind meine Kurse keine Ausnahme.

Ich verstehe voll und ganz, dass diese immer wiederkehrende Heiterkeit zum Teil auf meinen Namen und meine Abstammung zurückgeht: Jonathan Bulk, Jr. Die Gleichung ist schnell gezogen: Bulk = Balg = Lehrerbalg. Wissen Sie, mein Vater war früher Schulleiter in Peeler, der am längsten amtierende Direktor in der hundertsiebzigjährigen Geschichte der Schule. Ich wuchs auf dem Schulgelände auf und machte meinen Abschluss in Peeler. Nach dem College (Bowdoin '67) und zwei Jahren als Lehrer in Deerfield kehrte ich aus freien Stücken an meine Alma Mater zurück. Seitdem unterrichte ich dort. Peeler war stets meine Heimat und wird es auch immer bleiben. Als mein Vater noch am Ruder war, wurde ich natürlich Bulks Balg genannt. Mir ist klar, dass selbst die Lehrer ihren Spaß daran hatten. Es gab immer Getuschel. Bei den alljährlichen Peeler Follies wurde ich scherzhaft als «Dauphin» bezeichnet. Aber ich hatte keine Ambitionen auf den Thron. Ich bin kein Schulleiter, sondern durch und durch Lehrer – ich habe Kreidestaub im Blut. Mein Vater ist tot (genau wie meine Mutter), und auf ihn folgten zwei weitere Schulleiter. Mein Verhältnis zu ihnen war hervorragend. Erziehungsbollwerke wie Peeler stehen auf vielen Säulen. Eine davon ist die Tradition, und für die Tradition braucht man ein, zwei Inventarstücke. Ich gebe gern zu, dass ich in Peeler zum Inventar gehöre.

Im Buchladen füllten sich die Plätze, und ich fand am Ende einer Reihe einen Stuhl an der Wand und damit am Rand des Blickfelds der Personen, die auf dem Podium standen. Ich wusste nicht genau, ob ich wollte, dass Susannah mich sah. Ich hatte keine Ahnung, ob sie wusste, dass ich in der Nähe den Sommer verbrachte.

Nach einer kurzen Einführung durch die Ladenbesitzerin trat Susannah aufs Podium: begeisterte Kritiken in der *Los Angeles* und der *New York Times,* eine Eins minus in *Entertainment Weekly,* ein Interview auf *Fresh Air*. Die etwa sechzig Leute, die sich in dem Laden drängten, klatschten begeistert Beifall. Ich hielt Ausschau nach Robert Tarleton und entdeckte seinen Kopf in der ersten Reihe. Er schien allein am Gang zu sitzen. Plötzlich sah ich vor mir, wie er allein in einem kleinen Sommerhaus lebte, vielleicht einem Nebengebäude auf dem Anwesen eines wohlhabenden Grundbesitzers, wie er mit einer kleinen Erbschaft auskam, einen uralten, aber gut gepflegten Saab fuhr, an seinem Manuskript arbeitete, seine Ansichten über Wörter wie *gauntlet* und *gantlet* hegte, am Spaßlauf teilnahm und ab und zu eine Lesung besuchte, damit er sich als Teil der Gemeinschaft fühlen konnte. Der arme Kerl war bedauernswert.

Susannahs Vorbemerkungen waren kurz: Sie fragte, ob die Leute sie hinten hören könnten, und bat um Nachsicht, weil sie im letzten Monat fünfundzwanzig Lesungen abgehalten habe und ein bisschen schwach bei Stimme sei.

Wenn das eine Redeübung in Peeler gewesen wäre, hätte ich ihr eine schlechte Note gegeben. Ich finde es immer schlecht, wenn man seine Rede mit Entschuldigungen beginnt.

Aber ich habe mich damit abgefunden, dass ich das Niveau und Verhalten von ehemaligen Peeler-Schülern nicht zu beurteilen habe. Sobald sie unsere Hallen und Haine verlassen haben, sind sie notgedrungen auf sich selbst gestellt. Vielleicht werden sie meinen Maßstäben nicht gerecht (weiß Gott, ab und zu gelingt mir das selbst nicht, und außerdem habe ich manchmal das Gefühl, das trifft auf den größten Teil der Welt zu und wird von Jahr zu Jahr schlimmer), aber daran kann ich nichts ändern.

Doch meine Krittelei an ihren einleitenden Worten war nichts verglichen mit dem, was ich auszusetzen hatte, als sie zu lesen begann. Die Textauswahl war grauenhaft. Ich fragte mich, ob sie diese Passage bei allen fünfundzwanzig Auftritten las. Wenn dem so war, hatte sie wirklich allen Grund, sich am Beginn ihrer Lesung zu entschuldigen. Die kleine Zuhörerschar war wie betäubt. Der Beifall ließ auf sich warten, während wir uns erst sammeln mussten, um dann wenigstens Höflichkeitsapplaus zu spenden. Die Buchhändlerin brauchte minutenlang, um sich von ihrem Platz zu erheben. Alles schwitzte – auch ich und Susannah. Was hatte sie vorgelesen?

Der Text wechselte zwischen den Geschichten der von Indianern gefangenen Frau und denen des Mädchens an der Vorbereitungsschule. Im einen Erzählstrang wird von der Folterung eines Weißen erzählt, der die Gefangene retten wollte. Der andere Erzählstrang schildert die Vergewaltigung der Schülerin durch einen Lehrer an der Schule.

Die Lesung begann damit, dass der Möchtegernretter Spießruten läuft (*gauntlet*, entgegen Tarleton). Danach wird er am Boden angepflockt und muss zusehen, wie die Krieger des Dorfes ihm Fleischstreifen aus Armen und Beinen schneiden und sie an die Hunde des Stammes verfüttern. Dann wechseln wir zu dem Mädchen in der Vorbereitungsschule, allein auf einem Campingausflug, der zum Outdoor-Programm der Schule gehört. Jeder Schüler erhält Proviant, ein Zelt und ein Tagebuch und muss vier Tage und drei Nächte in der Wildnis verbringen. Das Mädchen in der Geschichte hat mit der Scheidung ihrer Eltern, mit Schwermut und Bulimie zu kämpfen. Der gut aussehende Aufsichtslehrer besucht jeden Tag die Zeltplätze, um nach den Schülern zu sehen. Bei dem Mädchen schaut er als Letztes vorbei. Sie scheint für die Aufmerksamkeit dankbar zu sein. Als Nächstes wird der Möchtegernretter hochgezerrt, an gekreuzte Pfähle gebunden und von der Frau des Häuptlings kastriert, dann trampelt sie auf seine Hoden und tanzt lachend mit den anderen Frauen des Stammes darauf herum. Die Männer binden mehrere Tomahawkstiele zusammen, erhitzen die Beilköpfe im Feuer und legen sie auf die Schultern des Mannes. Das Mädchen an der Vorbereitungsschule erhält am zweiten Abend Besuch von dem Lehrer, der fast bis Tagesanbruch bei ihr bleibt, während sie ihm unter Tränen von der Scheidung ihrer Eltern erzählt und in seinen Armen einschläft. Der Stammeshäuptling tritt jetzt in den Kreis, in dem der Gefangene festgebunden ist. Die Dorfbewohner empfangen ihn mit Jubelrufen und feuern ihn an. Was wird der Häuptling tun? Vor Schmerz, Angst und von dem Blutverlust ist der Gefangene halb ohnmächtig. Der Häuptling bringt ihn wieder zu sich und gibt ihm Wasser und Honig. Während dieser Fürsorge verstummt die Menge. Als der Gefangene sich so weit erholt hat, dass er sich der Hilfeleistung des Häuptlings bewusst wird, erkennen die Dorfbewohner, dass er weiß, wem er da in die Augen blickt, und plötzlich zieht der Häuptling wie aus dem Nichts ein funkelndes Messer hervor und hebt es über den Kopf. Dann lässt er die Klinge niedersausen und schlitzt dem Gefangenen direkt über seinen zerquetschten Genitalien den Bauch auf, fast als würde er einen Kaiserschnitt vornehmen. Der

Häuptling greift in die klaffende Wunde und zieht den Dickdarm des Mannes hervor, schneidet ihn ab und gibt das Ende einem Schwein, das sie aus einer weißen Siedlung gestohlen haben. Dann schlägt er das Schwein mit einem Stock auf die Hinterbacken, das Tier läuft, die Eingeweide des Mannes zwischen den Zähnen, zum Rand des Kreises, die Gedärme spulen sich aus der Wunde hervor und schleifen im Staub, während das Opfer zuschaut und das Bewusstsein verliert. In der dritten Nacht kommt der Lehrer, nachdem das Mädchen im Zelt eingeschlafen ist. Er kriecht zu ihr in den Schlafsack, drückt ihr die Hand auf den Mund und erstickt ihren Protest, reißt ihr die Unterwäsche vom Leib, vergewaltigt sie und gesteht ihr seine Liebe. Als alles vorbei ist, beginnt er zu weinen, und sie tröstet ihn in ihren Armen, wie er es am vorigen Abend bei ihr getan hat. Die Indianer lassen den toten Gefangenen mit aufgeschlitztem Bauch an den Pfählen zurück und ziehen weiter. Das weiße Mädchen wird aus dem Lager geführt und muss über die rosa Eingeweide steigen, die auf der Lichtung liegen und mit Fliegen übersät sind.

Als die Lesung vorbei war, murmelte Susannah ein Dankeschön und nahm sich eine Flasche Quellwasser von einem Regal. Als sie den Plastikverschluss am Deckel aufriss, zuckte das ganze Publikum zusammen. Die Buchhändlerin hielt sich den Zipfel eines Taschentuchs an die Lippen, ihre Fingerknöchel eine Reihe winziger weißer Knubbel. Die Pressefrau, die an der Seite saß, zeigte ein höhnisches Grinsen, während sie uns musterte, als wären wir ein jämmerlicher Haufen neuer Rekruten, die schon vom ersten Drill völlig erledigt sind und wie alle Regimenter vor ihnen erst noch abgehärtet werden müssen.

Ein paar kurze Blicke der Buchhändlerin waren als Bitte um Fragen aus dem Publikum zu verstehen.

Ohne mir völlig darüber klar zu sein, war ich aufgestanden. Wenn ich es mir recht überlege, hätte ich einfach gehen können, hätte den Raum verlassen können, als müsste ich dringend zu einer Verabredung oder aufs Klo. Doch da stand ich nun und öffnete den Mund.

Alles, was ich hervorbrachte, war: «Ich würde gern wissen ...»

Susannah wirkte leicht verwirrt. Ich hatte weder die Hand gehoben noch mich aufrufen lassen. Wahrscheinlich erkannte sie mich noch nicht.

«Ich würde gern wissen», sagte ich, «wie präzise die Stelle ist, die Sie gelesen haben.»

Die Zuhörer ringsum spannten sich an. Das spürte ich. Sie fanden, ich hatte mich blamiert. Dennoch spürte ich plötzlich eine Woge der Zuversicht und holte tief Luft. Wenn ich mich schon blamierte, dann richtig.

Von vorn ertönte, kurz und stoßweise, ein abschätziges Schnauben. Ich fürchte, ich habe für so was ein zu gutes Gehör. Das liegt daran, dass ich schon seit vielen Jahren Schulklassen unterrichte. Da spürt man unwillkürlich, wo sich Schwierigkeiten anbahnen.

«Verzeihung?», blaffte ich. Ich durchbohrte mit meinem Blick Robert Tarletons Hinterkopf. Ich wusste, dass er der Schuldige war.

Er drehte sich um und bemühte sich, unschuldig und verwirrt auszusehen.

«Tut mir leid. Ich dachte, Sie hätten etwas gesagt», sagte ich in bewusst herrischem Ton, «oder es zumindest versucht.»

«Ach du meine Güte», sagte Susannah vom Podium und blickte direkt über Tarletons Kopf hinweg, «das ist ja Mr. Bulk.» Sie lächelte das Publikum an, während sie mir zuwinkte. «Das ist ein Englischlehrer aus meiner alten Schule ... Mr. Bulk. Wir haben uns schon seit Jahren nicht mehr gesehen. Mr. Bulk, ich hoffe, Sie wollen nicht meine Grammatik korrigieren.»

Ihr Ton und das kurze pubertäre Verdrehen der Augen sollten dem Publikum zu verstehen geben, dass ich ein ziemlich kauziger alter Lehrer sei, zumindest aber ein Fossil und Wichtigtuer. Die Zuhörer entspannten sich etwas.

«Nein», sagte ich freundlich, «ich muss sagen, dass ich nicht an Grammatik gedacht habe, als Sie Ihren starken Text gelesen haben.»

«Oh, vielen Dank», sagte sie, wirkte aber ein bisschen nervös. Ich ließ mich jedoch nicht unterkriegen und grub die Fingerknöchel in die Rückenlehne des Stuhls vor mir, wodurch die dort sitzende ältere Dame gezwungen wurde, sich vorzubeugen.

«Wo waren wir?», fragte Susannah.

Die Ladenbesitzerin, die am Gang mit den Kinderbüchern saß, sagte: «Es ging um Genauigkeit.»

«Oh. Ja. Also», sagte Susannah, «ich habe nie bei Indianern gelebt.»

Die Zuhörer kicherten erleichtert und freuten sich vermutlich darüber, dass die Autorin Sinn für Humor hatte.

Susannah lächelte das Publikum an, und ich sprang in die Bresche: «Zu diesem Punkt könnte ich sagen, es gibt keine Anhaltspunkte, dass die Abenaki ihre Gefangenen so schlimm gefoltert haben. Die Algonquin, die Iroquois, ja. Die nordamerikanischen Märtyrer und all ...»

«Aber Sie haben den Teil über die Vorbereitungsschule gemeint», schnitt mir Susannah Kingswood das Wort ab. Die kleine Lautsprecheranlage der Buchhandlung überzog ihre Stimme mit einer Schutzschicht, sodass sie zu dem Glanz passte, der jetzt über ihr Lächeln kroch.

Von vorn sagte eine Stimme: «Es ist Literatur.» Muss ich sagen, dass es Robert Tarleton war? «Die Frau hat einen *Roman* geschrieben.»

«Wie bitte?», sagte ich und richtete den Blick wieder auf ihn. Ich spürte, wie sich die Zuhörer ringsum anders hinsetzten, als würden sie wegrücken, um einen Korridor zwischen Tarleton und mir zu bilden.

«Es ist präzise genug», sagte Tarleton. «Die Frau hat einen *Roman* geschrieben.»

«Auch in einem Roman ist Genauigkeit wichtig», sagte ich. «*Gantlets* zum Beispiel?»

«Ja», sagte Susannah vom Podium, «das korrigieren wir in der Taschenbuchausgabe.»

Tarleton lächelte respektvoll und zeigte ein vorgeblich bescheidenes Schulterzucken. «Ein persönliches Lieblingsärgernis», sagte er. «Aber vielen Dank.» Der Dank war an Susannah gerichtet.

Die Pressefrau schien von all dem fasziniert zu sein, die Buchhändlerin wirkte verblüfft. Die älteren Leute legten die Hand ans Ohr, und alle versuchten herauszufinden, ob es sich um eine inszenierte Debatte, um Publikumsbeteiligung oder vielleicht um eine Art interaktive Kulturveranstaltung handelte.

Ich büßte meine Entschlossenheit ein.

«Ich wollte bloß sagen», erwiderte ich, «dass ich mir bei den Anspielungen auf die Abenaki nicht sicher bin. Haben sie solche Foltermethoden angewandt? Ich könnte sagen, mir sind keine glaubwürdigen Indizien bekannt, die beweisen, dass die Abenaki ...»

«Was Sie wissen wollten, stimmt alles», sagte Susannah und schnitt mir wieder das Wort ab, ihre verstärkte Stimme jetzt volltönender als Tarletons oder meine. «Es ist wahrheitsgetreu. All das ist passiert.»

Im Raum wurde es still. Als Susannah gesprochen hatte, hörte ich das schrille Pfeifen der Rückkoppelung aus den Lautsprechern. Sie konnte nichts anderes meinen als die Geschichte von dem Schulmädchen.

«Das ist nicht in Peeler passiert, oder?» Jetzt bemühte ich mich, mitfühlend zu klingen.

Ich sah, dass sich Tarleton fast ganz umgedreht hatte, den Arm über die Rückenlehne des Stuhls gelegt. Er betrachtete mich, als würde ich eine unverständliche Fremdsprache sprechen.

«Ist das wirklich wichtig, Mr. Bulk?», fragte Susannah.

«Susannah», sagte ich. «Ich bin um den Ruf unserer alten Schule besorgt.»

«Mr. Bulk», sagte sie und presste die Hände fest vor sich aufs Podium, «wenn Sie glauben, dass so was an der Peeler Academy nicht passiert ist, dann tut es mir leid, dass ich Sie eines Besseren belehren muss. Das ist in Peeler *ständig* passiert. Und es passiert immer noch. Das ist historisch präzise. Nicht bloß mit einem einzigen Lehrer und auch nicht nur heterosexuell. Sie können sich das Jahr aussuchen. Sie können sich auch die geschlechtliche Zusammensetzung aussuchen. Vielen Schülern ging es beim Allein-Zelten bloß darum. Einige von uns haben sich sogar darauf gefreut.»

Mein Gesicht brannte.

«Darauf gefreut», sagte ich.

«Jahrelang», erwiderte sie.

«Ich will nichts mehr hören», sagte ich.

Ich hatte mich ja ausgerechnet ans Ende der Reihe setzen müssen. Jetzt musste ich mich an den Stühlen vorbeizwängen und dann den Gang zum Podium entlanggehen, weil das der einzige Weg zum Ausgang des Ladens war. Susannah sah aus, als wollte ich auf sie losstürmen. Sie wich einen Schritt zurück. Die Pressefrau hatte sich vom Stuhl erhoben. Als Friedensgeste hielt ich die rechte Hand hoch, wie die weißen Siedler, wenn sie Indianern begegneten – zumindest wurde uns das in Groschenheften und Westernromanen weisgemacht. Ich wünschte mir bloß, wohlbehalten aus dem Laden zu kommen. Ich warf einen flüchtigen Blick auf Tarleton. Er grinste. Als ich an ihm vorbeiging, drehte er sich mit süffisantem Lächeln auf seinem Stuhl nach vorn.

«Gauntlet?», murmelte er, als ich vorbeiging.

«Gibt es noch irgendwelche Fragen?», fragte die Buchhändlerin, als ich die Tür erreichte, die mir die Pressefrau aufhielt. Zu beiden Seiten der Tür standen Tische mit Susannahs Büchern. Ich spürte ihre Augen auf mir, und ihr Blick war wie Farbe, Milch oder Blut, die über meinen Körper gegossen wurden.

Klickend fiel die Tür hinter mir ins Schloss. Endlich stand ich draußen in der warmen Abendluft. In der Nähe weinte ein kleines Mädchen, weil ihm sein Eis auf den Gehsteig gefallen war. Ihre Mutter schleifte sie ein paar Häuser weiter, zurück in den Süßwarenladen mit der gepunkteten Markise und der klingelnden Türglocke.

An Ort und Stelle beschloss ich, den Rest des Sommers allein zu joggen. Keine Spaßläufe mehr. Bevor ich zur Schule zurückkehren musste, fanden sowieso nur noch zwei Läufe statt. Ich würde auf den Straßen Vermonts laufen und viele Kilometer zurücklegen. Dann würde ich das Haus meines Vaters für diesen Sommer abschließen und zurückkehren, um an meiner alten Schule, Vaters alter Schule, zu unterrichten. Was würde er wohl von seinem Sohn halten? Das Allein-Zelten würde bald nach meiner Rückkehr wieder beginnen. Der Gedanke an die Kinder in meinem Unterricht jagte mir jetzt Angst ein. Auch der an die Lehrer. *Wer von ihnen?* Ich wusste, dass ich mich das fragen würde, wenn ich durch unsere Hallen und Haine wandelte. *Wer von ihnen?*

Ich nicht, so viel stand fest. Egal, was dieses Inventarstück, dieser Dauphin, dieser Balg sonst noch wusste, eins wusste er zweifelsfrei: *Ich nicht. Niemals.*

Und es war Literatur. Die Frau hatte einen Roman geschrieben.

Es war Literatur, und keinerlei Folter konnte mich vom Gegenteil überzeugen.

Die Klimaanlage über der Tür des Buchladens rasselte, und Wasser tropfte auf meine Schulter. Also entfernte ich mich von dort, kümmerte mich nicht um das höhnische Gelächter der Wilden, das in meinem Kopf dröhnte, und achtete darauf, über das Eis des Kindes hinwegzusteigen, das rosa gekringelt auf dem Gehsteig lag. Ich hätte rennen können, aber ich beschloss, lieber den Abend zu genießen und den Weg nach Hause langsam zu gehen.

DIE ARBEIT DES SCHAUSPIELERS AN DER ROLLE

Das erste Anzeichen

Als kleiner Junge, lange bevor er zum ersten Mal eine Bühne betrat, baute James J. Robichaud auf seinem Schreibtisch Miniatur-Fernsehstudios. Als Schauspieler und Crew benutzte er Plastiksoldaten. Der Hintergrund bestand aus im Halbkreis aufgestellten Büchern oder Zeichnungen auf der Hemdpappe seines Vaters. Für die Übertragung seiner nachgestellten Sendungen benutzte James eine alte Brownie Sucherkamera. Zur Beleuchtung diente eine Bogenlampe, die er dicht an die Schreibtischplatte zog, um das Licht genau auf das kleine Bühnenbild richten zu können.

Auf den Fototafeln der *Encyclopaedia Britannica* seiner Eltern hatte er Bilder von Fernsehstudios gesehen. Darauf hingen Scheinwerfer wie ein schwarzes Glockenspiel über den Bühnenbildern einer Seifenoper, über dem Tisch eines Nachrichtenmoderators und einer windschiefen Goldgräberhütte mit neckischem Zeichentrick-Expressionismus für eine Kindersendung. Im Vordergrund der Fotos waren die schattenhaften Umrisse der Kameras zu erkennen, die so groß wirkten wie Lieferwagen. Die Crewmitglieder glichen dunklen Ministranten vor einem hell erleuchteten Altar, auf dem Priester und Priesterinnen irgendeinen Ritus vollzogen.

Diesen Bereich von geweihtem Licht versuchte James Robichaud auf seinem Schreibtisch nachzustellen. Er fuhr die Brownie-Kamera vor und richtete den Sucher auf die Spielzeugsoldaten. Es war ihm egal, dass seine Schauspieler mit Gewehren auf die Kamera zielten oder sich Granaten entgegenschleuderten. James war in seine Sendungen vertieft, verlieh ihr Stimmen und summte Musik.

Doch manchmal, wenn er seine Mutter eiswürfelklickend den Flur entlangkommen hörte, richtete er die Kamera auf das winzige Testbild auf der Staffelei, die er gebaut hatte, ein Testbild, wie es auch die richtigen Sender damals zeigten, beim Sendeschluss, den es damals am Ende des Fernsehtages noch gab, oder wenn sich «technische Probleme» einstellten. Dann holte James ein Buch hervor, damit es aussah, als würde er lesen, und dann flüsterte er – oder dachte sich bloß: «Bitte bleiben Sie auf Empfang.»

König Lear

Als James J. Robichaud fünfzig Jahre alt und arbeitslos war, beschloss er, die Rolle des König Lear zu lernen. Mit seiner Karriere ging es nicht mehr voran. Er und Charlotte wohnten auf der Upper West Side in einer schlichten Zweizimmerwohnung ohne Aufzug in der 107th Street. Ihre Tochter Pamela war schon über zwanzig, lebte allein und hoffte, eine erfolgreiche Schauspielerin zu werden. James und Charlotte wünschten, sie würde das nicht versuchen. Pamelas Aussichten waren nicht gut. Die Branche hatte sich mal wieder zur Westküste verlagert. James' Karriere stotterte zusammen mit denen vieler anderer Schauspieler in New York vor sich hin.

Auch Pamela würde es schwer haben. Sie war ziemlich hübsch und hatte an der Boston University Schauspiel studiert. Doch nachdem James sie in einem halben Dutzend Studenteninszenierungen und in ein paar Off Off Broadway-Schaukästen gesehen hatte, war ihm klar, dass ihre Chancen nicht besonders groß waren. Als Schauspielerin war sie nur Mittelmaß.

«Aber das gilt doch auch für dich», hatte Charlotte irgendwann mal zu James gesagt. Das sollte keine Beleidigung sein. So klang es, wenn die beiden optimistisch waren.

Über die Frage von James' Mittelmäßigkeit hatten sie schon mehrmals gesprochen und daraus die Hoffnung abgeleitet, dass Pamela trotzdem ihren Weg machen könne. James hatte erkannt, dass er nur durchschnittlich begabt war. Aber alles in allem schnitt er nicht schlecht ab. Er hatte eine beachtliche Anzahl von Rollen an Off-Broadway- und Regionaltheatern im ganzen Land vorzuweisen. Sogar in ein paar Broadway-Aufführungen hatte er kleine Rollen gespielt. Ab und zu erhielt er einen Filmjob – keine Hauptrolle, aber oft mehrere Szenen: ein störrischer Offizieller, der den Helden nicht zum Stockcarrennen zurückkehren lässt, der Obdachlose, der fälschlicherweise einen Mord gesteht, um Aufmerksamkeit zu erregen, der nette Psychiater, der erkennt, dass die Heldin nicht in eine Anstalt eingewiesen werden darf –, und konnte mit einem Tagesjob bei einer der wenigen Fernsehserien rechnen, die noch in New York gedreht wurden. Im Lauf seiner Karriere hatte er lernen müssen, Zeiten der Arbeitslosigkeit zu ertragen, aber er hatte nie zu der verzweifelten Schar von Schauspielern gehört, die in der Equity Lounge, der Gewerkschaftszentrale in der Nähe vom Times Square, herumhängen und sich nervös irgendwelche alten Geschichten erzählen, um nicht rausgehen und Klinken putzen zu müssen.

Es war nur eine mittelmäßige Karriere. Das wusste er. Aber es beunruhigte ihn, dass Pamela auf die Enttäuschungen und Ablehnungen, die ihr bevorstanden, anscheinend nicht vorbereitet war. Sie schien eher zu glauben, dass sie auserwählt sei, *gesalbt*. Wie soll man ihr erklären, dass es höchstwahrscheinlich anders laufen wird, fragte sich James.

Als sie noch klein war – sieben oder acht, zu jung, erinnerte sich James –, hatte er sie von der Schule abgeholt, und da hatte sie auf dem Nachhauseweg auf der Amsterdam Avenue verkündet, sie würde Schauspielerin werden; sie sei sicher, dass ihr Name einen «hohen Wiedererkennungswert» habe.

James hatte vergessen zu fragen, wo sie diesen Ausdruck aufgeschnappt hatte. Bestimmt hatte sie geglaubt, so werde Gunst im Leben verteilt – durch den *Wiedererkennungswert eines Namens* –, und bei ihrem eigenen Vater, dem Schauspieler James J. Robichaud, gebe es den nicht.

Trotz alledem und obwohl er arbeitslos war, machte sich James während des Heimwegs auf dem Upper Broadway keine Sorgen. Er hatte sich arbeitslos gemeldet, war auf der Bank gewesen, um den Scheck von letzter Woche einzulösen, und hatte den einfachen Beschluss gefasst, sich selbst weiterzubilden: In der beschäftigungslosen Zeit vor seinem nächsten Job – was auch immer es sein, wie auch immer er herankommen würde – würde er eine Rolle auswendig lernen, damit sein Gedächtnis nicht einrostete. Den Muskel trainieren. Er hatte sich bei Barnes & Noble ein Exemplar von *König Lear* gekauft und begann schon im Gehen die Rolle zu lernen. Eine gute Rolle, dachte er, für einen Schauspieler, der bloß älter wird.

«Führt ein die Herrn von Frankreich und Burgund, Gloster ... Derweil enthüll'n wir den verschwiegnen Vorsatz.»

Die Textlast

Jeder Schauspieler wird Ihnen das Gleiche sagen. Das Schlimmste am Altern ist der Gedächtnisverlust.

Mit fortschreitendem Alter wächst die Angst vorm «Steckenbleiben», davor, dass man sich absolut nicht mehr an den nächsten Satz erinnern kann, während die Leute im Publikum einen anstarren, nervös auf dem Sitz hin und her rutschen, sich in einen schlundartigen Abgrund verwandeln, in einen einzigen atmenden Rachen, bereit, einen zu verschlingen, und die Mitspieler, die einen mit ihren Blicken durchbohren, einem mehrmals das Stichwort geben und ihren Text – «Wolltest du mir *nichts-vom-König-erzählen?* Er ist nicht *tot, oder?*» – in eine Suggestivfrage verwandeln.

Auch das Lernen des Textes wird immer mühseliger und zeitraubender. Als James, damals noch ein junger Schauspieler, einmal an einem Regionaltheater beim Vorsprechen darauf wartete, in einer Inszenierung des Stückes *Von Mäusen und Menschen* den George zu lesen, hörte er, wie ein paar ältere Männer besorgt von der «Textlast» für die Rolle des Candy sprachen. Einer von ihnen überlegte sogar, ob er überhaupt am Vorsprechen teilnehmen solle. Die Textlast sei ihm zu schwer.

Als James auf die Fünfzig zuging, verstand er ihr Dilemma. Allmählich hatte er schon beim Lernen der einfachsten kurzen Rolle für eine Seifenoper Probleme. Wegen fünf popeligen Sätzen oder noch weniger.

Wenn er mal eine umfangreiche Rolle bekam, dauerte es noch viel länger. Sobald er die Rolle hatte, begann er den Text zu lernen, auch wenn die erste Probe erst Wochen später stattfand. Er lernte jeden Abend, bis ihm vor Schmerz der Kopf brummte.

Einmal erzählte er seiner Tochter: «Als ich in deinem Alter war, hab ich schnell gelernt. In einem Sam Shepard Stück für Joe Papp stand ich bereit für drei große Rollen. Lange Monologe. Die hatte ich alle im Kopf. Bereit, jeden Moment einzuspringen. Wahrscheinlich hatte ich mehr von Sam Shepard im Kopf als Sam Shepard selbst.»

«Welches Stück war das?», fragte Pamela.

James zögerte so lange, dass es wie eine Pointe wirkte, und sagte dann: «Hab ich vergessen.»

Und dann brach er in Gelächter aus, als wollte er einem Studiopublikum zu verstehen geben, dass er alles im Griff hatte, wie Red Skelton es immer tat. Wenn James in seiner Kindheit Skelton im Fernsehen sah, konnte er es nie ausstehen, dass sich der Komiker totlachte. Aber jetzt, als alternder Schauspieler, benutzte er diese Technik, um sich zu schützen, selbst vor seiner eigenen Tochter.

«Das ist witzig», hatte James' Mutter immer gesagt, wenn Skelton aus der Rolle fiel und sein zischendes, prustendes Gekicher zu verbergen versuchte, obwohl er, wie James wusste, in Wirklichkeit schamlos um Aufmerksamkeit buhlte. «Jemand muss was falsch gemacht haben. Die lachen sich kaputt.»

«Das sehe ich», sagte James dann immer und drückte sich tiefer in den Sessel, auf dessen Armlehne sich seine Mutter gesetzt hatte, der übliche Platz, auf dem sie sich einen Moment niederließ, um zu sehen, was sich James anschaute, während sie abends durch die Zimmer ging.

Auch das Studiopublikum, das nicht zu sehen war, wusste inzwischen Bescheid, lachte über Skeltons augenzwinkernde Fröhlichkeit, stachelte ihn an, sich noch wilder zu gebärden, und er tat allen den Gefallen.

«Das gefällt mir», sagte James' Mutter und deutete mit ihrem Glas auf den Bildschirm. «Das ist spontan. Es zeigt, dass sie improvisieren. Das gefällt mir.»

«Mir nicht», sagte James. «Es zeigt, dass sie Scheiße bauen.»

«Du sollst nicht Scheiße sagen.»

«Dann vermasseln sie's eben.» Und dann war James zugleich wütend auf seine Mutter, weil sie Skelton gut fand, und wütend auf sich selbst, weil er sich ärgerte und vor seiner Mutter Gefühle zeigte. Ich muss mit meinen Gefühlen haushalten, dachte er.

Ein Job

«Ich hab heute mal in Hardys Büro vorbeigeschaut», sagte James zu Charlotte. Sie machte in der Kochnische gerade das Nudelwasser heiß. James trank drüben im Wohnbereich ein Bier. Charlotte trank nur Selters. An diesem Abend hatte sie Arbeit nach Hause mitgebracht. Sie hatte die Schauspielerei vor fünfzehn Jahren aufgegeben. Zwölf Jahre vorher hatten sie und James sich bei den Sommeraufführungen in Maine kennen gelernt. Sie hatte die Naive mit dem Gassenjungen-Gehabe gegeben, bis sie zu alt dafür war und schließlich an das Klischee glaubte: «Für Frauen gibt es keine guten Rollen.» Darüber hatte sie sich genau einmal beklagt, doch der Klang ihrer Worte hatte ihr nicht gefallen, und sie war sofort von der Bühne abgetreten. Sie hatte am Hunter College den Magister in Kulturverwaltung gemacht und kümmerte sich jetzt um die Finanzen eines Frauentheaterkollektivs in Hell's Kitchen. Von ihr kam das bescheidene, aber regelmäßige Einkommen der beiden.

«Hardy hatte ein Angebot für mich», sagte James.

«Der hagere Hardy», sagte Charlotte. Das war ihr Spitzname für James' Agent. «Und? Was denn für ein Angebot?»

Am Nachmittag war James ein bisschen ziellos, ein bisschen schuldbewusst zu Hardy Hardens Büro im alten Paramount Building am Times Square rübergegangen. Ich muss heute was für meine Karriere tun, hatte er gedacht. Hardy war während des gesamten Vierteljahrhunderts, in dem James New Yorker Schauspieler war, sein Agent gewesen.

Hardy Harden konnte sich gerade so über Wasser halten. Er war spindeldürr, hatte bei der landesweiten Tournee von *Die Piraten von Penzance* mal zum Chor gehört und eigentlich gehofft, inzwischen im Ruhestand zu sein. Er hatte einen jungen Schützling als Nachfolger aufgebaut, doch der Bursche hatte sich aus dem Staub gemacht und bei einer anderen Agentur angeheuert. Jetzt arbeitete Hardy allein in einem Kämmerchen, das ihm eine Firma für Theaterbeleuchtung untervermietet hatte. Das Büro hatte keine Fenster und war voll gestopft mit Stapeln von Hochglanzfotos. Doch immer weniger vielversprechende junge Talente schoben ihre Lebensläufe unter der Tür durch. James fragte sich, ob sie den drohenden Misserfolg riechen konnten. Es gab einen Computer, an dem ein Spielzeug-Basketballnetz hing und auf dessen Bildschirm ein Patiencespiel flimmerte. Das gesamte Büro war nicht viel größer als ein Vorratsschrank. James fragte sich, was Hardy dort den ganzen Tag trieb.

«Ahoi, St. James!» Hardys übliche Begrüßung. Er stieß sich in seinem Stuhl vom Schreibtisch ab.

Hardy stammte aus North oder South Carolina und verstümmelte seinen Neuengland-Akzent, während er eine lässige Pose mit einem Fuß auf der Sitzfläche seines Stuhls einnahm. Er zitierte: «‹Dieses Stück heißt *Unsere kleine Stadt*›.»

«Einer von den Friedhofsleuten im dritten Akt», erzählte James Charlotte abends. «Kein Text.»

«Bloß dasitzen», sagte Charlotte. «Reglos.»

«Und außerdem noch die zweite Besetzung für den Milchmann und den Polizisten machen», sagte James.

«Dann hätten wir eine Krankenversicherung», sagte Charlotte. Über so was hielt sie sich auf dem Laufenden.

Er wollte über die künstlerische Unwürdigkeit der Rolle sprechen, darüber, wie unpassend es für ihn war, sechs Wochen lang sechs Abende pro Woche stumm und unbeweglich, symbolisch tot auf einem Holzstuhl zu sitzen. Aber er wusste, was sie sagen würde: dass er das, was er tat, mit dem, der er war, verwechselte. «Es geht nicht darum, was du bist, James. Es geht bloß darum, was du zufällig für eine gewisse Zeit tust.»

Aber seit der Zeit, in der sie selbst aufgetreten war, hatte sie irgendwie vergessen, dass für einen Schauspieler das, was er tut, und das, was er ist, dasselbe ist. Das ist der ganze Sinn der Sache.

«Und, was meinst du?», fragte Charlotte und schüttete die rasselnden Penne ins Wasser.

«Ich hab angenommen», sagte er.

Wie alles anfing

Er hatte wahrhaftig eine Begabung fürs Kindertheater. Nach zwei Jahren in der Armee ging er nach Vermont, um eine Collegefreundin zu suchen, eine Frau, die ihm gewissenhaft geschrieben hatte, während er in Vietnam war. Bei seiner Entlassung war sie der einzige Mensch, der ihm einfiel.

Es wurde nichts draus. Sie lebte versuchsweise mit einer anderen Frau zusammen und arbeitete in einer Restaurantkommune. Sie freute sich wirklich, ihn zu sehen, war richtig froh, dass er sie gefunden hatte, aber *in anderer Hinsicht* war sie nicht an ihm interessiert. Trotzdem, warum blieb er nicht da? Es gab eine Theatergruppe, die gerade

Fördermittel erhalten hatte, damit sie ihre Kinderstücke an den Schulen im ganzen Staat aufführte.

Er hatte noch nie Theater gespielt, aber er besaß einen VW-Kleinbus, und die Truppe brauchte ein Transportfahrzeug und einen Bühnenarbeiter. Also fuhr er und schleppte Bühnenbilder. Dann erkrankte einer der Schauspieler an Hepatitis, und James musste einspringen. Er hatte so viele Aufführungen gesehen, dass er die Rolle des Kröterich von Krötinhall in einer Bearbeitung von *Der Wind in den Weiden* übernehmen konnte.

Die Schauspielerei gefiel ihm – als wäre sie sein Leben lang in Vermont vergraben gewesen und hätte nur darauf gewartet, von ihm entdeckt zu werden. Für jemanden, der frisch auf die Bühne kam, war der Applaus natürlich berauschend. Und dann die Kameradschaft in der Truppe. Die Intensität der Arbeit. Klar, es gab Cliquen und Spannungen, aber James hielt sich dabei, obwohl er nicht völlig unbeteiligt war, meistens heraus. So fühlte er sich sicherer, geschützt, manchmal ein bisschen einsam, und er trank in jenen Jahren zu viel, doch er hatte einen Krieg erlebt – nur ganz am Rand, aber das reichte –, und seine leichte Zurückhaltung gehörte zu seiner Identität. Sie begleitete ihn seit seiner Kindheit. Doch sie stand in krassem Gegensatz zu seiner Bühnenwirkung. Damals, in jenen Tagen, war er fleischgewordene Energie. Ungezügelt. Ausgelassen. Außer Rand und Band. Die Kinder liebten ihn.

Nach dem Kröterich war er in einer Bearbeitung von *Eines Kindes Weihnacht in Wales* ein ganzes walisisches Dorf. Er spielte Shakespeare'sche Helden und Clowns. Er spielte Erzähler, Tiere, Körperorgane, Wortarten, Dr. Seuss-Figuren und Mr. Zahnfäule.

Nach einer Weile erkannte er, dass es weder der Applaus noch die Kameradschaft war, was ihn wahrhaft begeisterte. Es war das Licht. Die *Empfindung* des Lichts. Er spürte es auf seinem Körper, als bewegte er sich in einem stofflichen Äther, als würde er hineingleiten und ein schimmerndes Kielwasser hinterlassen, als würde er selbst Licht ausstrahlen. Bei diesen Aufführungen in Vermont gab es Momente, die ihn für den Rest seines Arbeitslebens begleiteten, Momente, in denen James Robichaud sich vom Licht geliebt fühlte, bloß weil er mittendrin stand.

Gefeuert

Das einzige Mal, dass ihm das in seiner Karriere passierte. Es war eine Broadwayaufführung. Eine von den dreien, an denen er mitwirkte. Doch eigentlich waren es nur zwei, denn bei dieser wurde er in der dritten Probenwoche rausgeworfen, und sie kam nie in seinen Lebenslauf, die Rolle von Josh Speed, einem Freund des Helden, in einer Inszenierung von *Abraham Lincoln in Illinois*.

Die Produzenten hatten Petey Cortez als Regisseur für dieses konventionelle Stück ausgewählt, weil er dafür berühmt war, große Gruppen von Schauspielern malerisch über die Bühne dirigieren zu können.

Er stand auch in dem Ruf, einen Schauspieler pro Inszenierung rauszuwerfen. Diese Art, Disziplin zu üben, war für den Mann zu einem kreativen Tick geworden. Produzenten, die Cortez einstellten, mussten bei den Produktionskosten eine Entlassung mit einplanen.

Die ganze erste Probenwoche saß die gesamte Besetzung

von *Abraham Lincoln in Illinois* – dreiunddreißig Schauspieler und Schauspielerinnen – an langen, hufeisenförmig angeordneten Tischen, mit Petey Cortez am Kopfende. Sie begannen mit einer Wort-für-Wort-Dekonstruktion des Textes, und alle Schauspieler wurden ermuntert, sich an der Exegese zu beteiligen. Vielleicht dachte der Musicalregisseur Petey, das sei für ein Schauspiel die notwendige Vorbereitung. James kam sich vor wie in der Schule, er fühlte sich in die Zeit zurückversetzt, als er noch allein bei seiner Mutter lebte. Folglich sagte er keinen Piep mehr.

Später vermutete er, dass Cortez es deshalb auf ihn abgesehen hatte.

Der Hammer fiel in der dritten Woche, nach dem ersten Durchlauf der gesamten Aufführung im Probensaal. Cortez hatte die Produzenten dazugeholt.

«Kommt mir ein bisschen früh vor», murmelte einer der anderen Schauspieler.

Das Ganze ruckelte so dahin. Der Bursche, der Lincoln spielte, war der Star einer schon lange laufenden Polizeiserie, die in New York gedreht wurde. Er wirkte ziemlich glaubwürdig als künftiger Präsident. Ab und zu musste er nach dem Text fragen, aber die wichtigsten Passagen beherrschte er gut. Er trug Einlagen in den Stiefeln, um größer zu wirken, und aus dem Kostümfundus hatte er einen schwarzen Gehrock und einen Zylinder erhalten, sodass er schon die richtige Statur hatte. Der Inspizient, ein düsterer, bärtiger Mann, der stets eine Safariweste trug und eine Stoppuhr dabeihatte, sagte während des Durchlaufs die Szenenwechsel an oder gab technische Anweisungen – «Hier richten sich die Scheinwerfer auf Lincoln ...», «Während des Blackouts wird die Bürokulisse links von der

Bühne geschoben, und die Präriekulisse kommt mit dem Aufzug aus der Versenkung ...», «Hier erklingt in der Ferne ein langsam verhallendes Banjo ...» –, und die Schauspieler arbeiteten sich durch die Aufführung.

James' einzige große Szene mit Lincoln kam, wenn Josh Speed seine Empörung über den Brief zum Ausdruck bringt, den sein Freund an Mary Todd schicken will, um die Verlobung mit ihr zu lösen.

James war nervös, weil er wusste, dass Cortez und die Produzenten dort draußen saßen und ihn musterten. Er hatte das Gefühl, als würde er sich mit der Brust voran in die Stimmungslagen seiner Rolle stürzen, aber leicht verzweifelt, unecht im Ton, kurzatmig gegen eine Wand prallen. Er musste sich tatsächlich an den Klappstühlen auf der Bühne festhalten, um sein Gleichgewicht wiederzufinden. Obwohl er den ganzen Text auswendig konnte, leistete er sich ein paar Schnitzer. In einer freundlicheren Atmosphäre wäre all das nur ein Herantasten an eine Aufführung gewesen, auf die er letztlich vielleicht stolz gewesen wäre. Doch angesichts von Cortez' Methoden kam James alles, was er während des Durchlaufs sagte oder tat, wie eine Regelverletzung vor.

Am nächsten Tag kam der Inspizient nach der Szenenarbeit zu James und sagte: «Petey würde dich nach der Probe gern im Produktionsbüro sprechen.»

James wartete in einem fensterlosen Raum, der mit einem Stahlschreibtisch, einem alten Wählscheibentelefon und einer unbeschriebenen Weißwandtafel ausgestattet war. Nach fünf Minuten hörte er im Flur das Scharren von Krallen. Cortez hatte immer einen Mini-Yorkshire-Terrier dabei. Das Geräusch kam näher. Ein Messinghundehalsband klingelte. *Da ist sie,* dachte James, *die Totenglocke.*

James konnte sich nur bruchstückhaft an die Gründe erinnern, warum Petey Cortez ihn feuerte. Seine Erinnerung bestand aus Eindrücken, die von einem klebrigen Schamgefühl zusammengehalten wurden. Cortez legte ein Lippenbekenntnis zu James' «guter Leistung» ab und beteuerte, die Entscheidung sei ihm schwer gefallen.

James betrachtete den kleinen Hund zwischen Cortez' Füßen. Er konzentrierte sich auf die runden braunen Augen des Tiers. Sie erinnerten ihn an die Kreise in der Mitte des Testbilds in seinem alten Schreibtisch-Fernsehstudio, wenn er bei Sendeschluss auf Großaufnahme gegangen war. Dieser Gedanke beruhigte ihn.

«Na ja», sagte James zu Cortez, «ich hab mir schon gedacht, dass irgendwas nicht stimmt.»

Cortez beugte sich vor und nahm den Hund in die Arme. Der Yorkie hatte einen rehäugigen Mitleidsblick, der James wirklich rührte, als wäre das Tier das einzige Wesen im Raum, das verstehen konnte, wie er sich fühlte ... oder fühlen *würde*. Damals hatte das nicht mal James gewusst.

Er hatte seine Aktentasche und seinen Mantel ins Produktionsbüro mitgenommen, deshalb war es nicht nötig, dass er durch die Garderobe oder den Probensaal zurückging und nochmal den Schauspielern begegnete. Er konnte das Gebäude unbemerkt verlassen.

Der Weg zur Arbeit

Irgendwer im Wagen sagte, dass zwischen Greenwich und New Haven jede Brücke über den Merritt Parkway anders konstruiert sei. Die Brücken führen die Seitenstraßen über den Parkway. Es gibt eine Art Deco-Brücke, die aussieht, als wäre sie aus den Plänen für den Hoover-Damm abgepaust. Es gibt klassizistische Brücken mit kannelierten Säulen auf den Pfeilern. Dann gibt es noch eine mittelalterliche Brücke mit zinnengeschmücktem Mittelteil. Und Brücken, an denen Kunstschmiedearbeiten prangen und die wie die Balkone in der Bourbon Street aussehen. Es gibt Brücken in unterschiedlichem Mauerwerkstil, von denen einige die vergrößerte Ausführung eines Brückchens über einen englischen Mühlteich zu sein scheinen und andere an riesige Feldsteinkamine erinnern. An einer dieser Brücken war James' Vater ums Leben gekommen.

James dachte nicht oft daran, und es war ihm erst bei der zweiten oder dritten Fahrt auf dem Parkway zu den Proben für *Unsere kleine Stadt* in New Haven eingefallen. Das Theater stellte den Schauspielern, die die hundertzwanzig Kilometer von und nach New York nicht zurücklegen wollten, eine Unterkunft zur Verfügung. Trotzdem hatte eine Gruppe von Schauspielern von der Upper West Side eine Fahrgemeinschaft gebildet: hauptsächlich die älteren Besetzungsmitglieder, die eine Familie hatten und für die die lange Fahrt nach der Aufführung ein geringer Preis war, wenn sie in ihrem eigenen Bett schlafen konnten statt wie ein Schauspieler an einem Regionaltheater leben zu müssen, der in einem heruntergekommenen Hotel in New Haven einquartiert war. James war einer dieser

Pendler. Jeden Morgen traf sich die Fahrgemeinschaft an der Ecke 72nd Street und Broadway, fuhr zur Probe nach New Haven, und jeden Abend ging's wieder zurück.

Fünf Leute saßen im Wagen, der dem hinterm Lenkrad sitzenden Eddie Weisman gehörte, dem Schauspieler, der den betrunkenen Chorleiter Simon Stimson spielte. Es waren ausschließlich Männer: Weisman, die beiden Burschen, die den Redakteur Webb und Doc Gibbs spielten, der Mann, der den Milchmann Howie Newsome spielte und die zweite Besetzung für den Redakteur und den Arzt war, und dann noch James.

Manchmal wurde in den Gesprächen getratscht, und es ging um die neuesten Stücke, die in der Stadt aufgeführt wurden, und darum, wer das Glück hatte, darin mitzuspielen. Ein anderes Mal las jemand in den Zeitungen und trug amüsante oder provokante Geschichten vor. Aber oft gingen die Schauspieler auf dem Weg zur Probe auch ihre Texte durch, murmelten ihre Sätze und versuchten, ihre Rollen zu lernen, während der Wagen durch die Hartholzkulissen der wohlhabendsten Vorstädte Connecticuts brauste.

James war zehn gewesen, als sein Vater seinen kleinen grünen MG gegen eine dieser Autobahnbrücken rammte. Sein Vater war auf dem Weg zu seiner Geliebten in New Canaan gewesen, oder vielleicht auch schon auf dem Rückweg – James hatte es nie herausgefunden. Vermutlich war er angetrunken gewesen und hatte ein Ausweichmanöver gemacht, oder vielleicht war er auch absichtlich auf den Stützpfeiler zugerast. Das war nicht klar.

Zu Hause hatte es vor dem Unfall monatelang Streit und gegenseitige Beschuldigungen gegeben. Die entfernten

Stimmen seiner Eltern waren ihm in seinem Schlafzimmer wie ein kratziges, rasselndes Scheppern vorgekommen, als würden irgendwelche Handwerker hastige Umbauten vornehmen, nicht am Haus, sondern an seinem Leben und dem seiner Mutter. Dann hörte der Lärm auf, und James und seine Mutter mussten in dem Tudorhaus an der kreisförmigen Straße, die um einen Eichenhain führte, allein herumquasseln.

James saß auf dem Weg zu *Unsere kleine Stadt* in der Mitte der Rückbank und fragte sich, welche Brücke es wohl gewesen war. Sein Vater hatte eindeutig in einer Midlife-Krise gesteckt, das wusste James gut. James steckte selbst in einer.

Die Affäre

Er hatte sie am vorigen Abend gesehen, hatte vorher Charlotte angerufen und gesagt, er komme später nach Hause, weil es nach der Probe einen Fototermin gebe, und hatte dann gewartet, bis an der 72nd Street alle ausgestiegen waren und sich die ganze Fahrgemeinschaft zerstreut hatte, damit niemand sah, wie er ein Taxi zur Carmine Street nahm, wo er zu ihrer Wohnung im dritten Stock hinaufstürmte.

Es waren die üblichen zwei Stunden sexueller Turnübungen gewesen, nach denen er sich schwindlig fühlte und ein bisschen selbstgefällig war, ehe er wieder nach Norden zurückkehrte, um wie ein Untersetzer unter eine Tasse in sein anderes Leben zu gleiten – sein Eheleben, in dem er ab und zu die Brötchen verdiente –, wo er sich schon ziemlich alt und gesetzt vorkam, aber oft, wie man beim Theater sagt, nicht *die Szene beherrschte*.

Doch bei Allie hatte er eine Ruhepause. Genau wie sie bei ihm. Sie war fünfzehn Jahre jünger als James und steckte mitten in einer unschönen Scheidung von einem Kameramann. James hatte sie bei einem Dreh für den Werbespot einer Kabelfirma kennen gelernt. Es war einer der wenigen Auftritte – James betrachtete sie nicht mal als Jobs –, die er in dem Jahr nach dem *Abraham Lincoln*-Rauswurf ergattert hatte. Sie hatte als Script Girl gearbeitet. Sie sagte, es gefalle ihr, wie oft er über seine Tochter spreche. Sie könne sehen, dass er sagen wolle: «Ich liebe meine Tochter noch mehr, als ich mein Leben hasse.»

Das seien etwas zu starke Worte gewesen, sagte James, als sie zum ersten Mal miteinander geschlafen hatten. So habe er es nicht gemeint. Doch, das habe er, sagte sie, und das werde er schon bald wissen.

Weiß ich es inzwischen?, fragte er sich, während er eine weitere Brücke, eine schmucklose Betonkonstruktion, vorbeifliegen sah. Gott, er brauchte ein bisschen Schlaf. Verstohlen kaute er eine Handvoll Tic-Tacs, um seinen stinkenden Nachteulenatem zu übertünchen.

Allie war ihm gegenüber im Vorteil. Sie war aus ihrer Ehe ausgebrochen. James unternahm nichts, um seine zu beenden. Allie sagte, das erwarte sie nicht von ihm.

«Tu, was du willst», hatte sie nach dem ersten Mal gesagt. Und dann hatte sie sich eine Zigarette angezündet und den Rauch kräftig ausgestoßen, als wollte sie etwas an der Tafel unterstreichen und die Klasse auffordern, ihr zu widersprechen. James hatte nicht vor zu sagen, dass er «verwirrt» sei.

Und das tat er auch nicht. Er behielt seine Gefühle für sich, doch manchmal machte ihn die anschwellende Last der Affäre müde, das Bedauern, das Bedürfnis, davon zu erzählen, die alberne Ablenkung durch den Gedanken, dass er *König Lear* lernen sollte.

Und jetzt kam noch dazu, was letzte Nacht vorgefallen war.

Er war bei Allie eingeschlafen. Gegen eins war er aus dem Schlaf aufgeschreckt und in panische Angst verfallen. Eine Polizeisirene? Die Alarmanlage eines Autos? Schuldgefühle? Er war unter den Laken hervorgeglitten und hatte nicht mal gemerkt, dass Allie nicht da war. Bevor er richtig wach war, rief er Charlotte auf dem Handy an und sagte, bei dem Termin, dem Fototermin, sei es spät geworden, danach habe er noch ein paar Bier getrunken und bleibe über Nacht in New Haven, sie solle sich keine Sorgen machen.

«Wie kommt's dann, dass bei meiner Rückkehr die Nachricht von Weisman da war, du hättest deinen Text in seinem Wagen vergessen, als er dich abgesetzt hat?»

Dann legte sie auf.

Einfach so. James schaute hinter sich, als wollte er einen verblüfften Blick ins Publikum werfen. Aber da war kein Publikum, nur ein Lichtfleck aus dem Bad und Allie, die ihre Schminkmelodie summte.

«Wo willst du hin?», fragte James. Sie war vollständig angezogen. Sogar ihren Mantel hatte sie an.

«Ach, einfach weg.» Klickend glitt ein goldener Deckel auf einen Lippenstift.

«Weg? Wohin denn?»

«In eine Kneipe. Ein paar Freunde treffen.»

«Um ein Uhr nachts?»

«Hm-hmm.»

«Aber ich dachte, wir ...»

«Haben wir doch.»

«Aber sind wir nicht ...?»

«Sind wir. Aber ich hab nicht gewusst, dass du ausschlafen wolltest. Ich meine, das ist schon okay, aber ich hab diese Sache vor.»

Sie sagte nicht, sie hätte *etwas* vor, was auf eine harmlose Geselligkeit nur an diesem Abend hingedeutet hätte.

So wie sie es gesagt hatte, dachte James am nächsten Tag im Wagen, klang es, als hätte sie etwas Großes, Weitreichendes vor, als hätte sie ein Auge auf etwas anderes geworfen, als hätte sie einen Traum, etwas, das weit über James hinausging, Jahre über James hinaus, Stunden über James hinaus, bis tief in die Nacht über James hinaus.

«Aber», begann er, hielt dann jedoch inne, weil er kurz davor war, weinerlich zu klingen. Er seufzte, merkte, dass er nackt war, wandte sich leicht ab, zum Hintergrund der Bühne, stemmte die Fäuste in die Hüften.

«Ich hab zu Hause angerufen. Ich hab gesagt, ich bin in New Haven. Da muss ich wohl bei dir übernachten.»

«Hmmm», sagte Allie und dann: «Uuuh», und dann blinzelte sie, als wäre ihr Zitronensäure ins Auge gespritzt. «Ich glaube, das wäre keine gute Idee.»

Sie fuhren unter einer weiteren Brücke hindurch: filigrane Eisenverzierungen, blau.

Vielleicht hatte das sein Vater auf genau dieser Straße auch durchgemacht, dachte James. Vielleicht hatte sein Vater ihn, seinen Sohn, genauso geliebt, wie er sein eigenes Leben gehasst hatte. James wusste es nicht.

Die Nähe im Innern des Wagens war fast unerträglich. Keiner der Schauspieler sagte ein Wort. Seit sie bei Spuyten Duyvil den Harlem River überquert hatten, hatte keiner viel geredet, und jetzt lernten sie ihre Rollen, jeder mit dem aufgeschlagenen Text auf dem Schoß. Auch James hatte seinen Text, den Weisman gefunden hatte, aber er konnte sich nicht richtig drauf konzentrieren. Er war letzte Nacht stundenlang durch die Stadt gelaufen, bis es Zeit war, mit der Fahrgemeinschaft zur Arbeit zu fahren. Er stellte sich vor, abends nach Hause zu Charlotte zurückzukehren. Auf einem Stuhl zu sitzen. Ganz still.

James betrachtete Bosvert, den Mann zu seiner Rechten, der den Redakteur Webb spielte. James sah, dass Bosverts Text bei der letzten Szene des ersten Akts aufgeschlagen war, bei den Worten der kleinen Rebecca Gibbs, an ihren älteren Bruder George gerichtet, während beide auf einer Trittleiter stehen, die das Schlafzimmerfenster im ersten Stock symbolisieren soll. Sie spricht von dem Brief, den ihre Freundin erhielt, mit der Anschrift: «Jane Crofut, Crofut-Farm, Grover's Corners, Sutton County, New Hampshire, Vereinigte Staaten von Amerika, Nordamerikanischer Kontinent, Westliche Halbkugel, Erde, Sonnensystem, Weltall, Geist Gottes.»

«Und der Briefträger hat den Brief trotzdem gebracht», lautet Rebeccas Text, das Stichwort für George.

Dieser Moment hat James immer gefallen: Ein Kind denkt über die Reichweite der Dinge, des Wissens, der Gefühle nach, direkt vor dem zweiten Akt mit der Hochzeit.

Eine weitere Brücke zog vorbei. Stein. Er dachte an seinen Vater, der sich im Geist Gottes befand.

James begann zu schwitzen. Er blickte sich kurz um und stellte fest, dass die anderen sich anscheinend ziemlich wohl fühlten. James sah erschreckend klar vor sich, wie er sich über den Vordersitz schwang, das Lenkrad herumriss, bevor Weisman oder sonst jemand begriff, was los war, und den Wagen gegen den nächsten Brückenpfeiler setzte.

Er schloss die Augen, um den Gedanken zu verscheuchen. Er betrachtete Bosverts Text. Er konnte Rebeccas Worte erkennen.

«Was du nicht sagst!», lautete Georges Antwort.

James versuchte sich zu konzentrieren und seine Gedanken vom Geist Gottes loszureißen, weg auch von der letzten Brücke, wieder aus Stein. Und er sah das Haus an der kreisförmigen Straße. Im Innern des Kreises befand sich eine baumbestandene Rasenfläche, so groß wie ein Park. All die Häuser an der Straße waren riesig, ruhig. James war in seinem Zimmer und baute sein Fernsehstudio. Er bewegte die Spielzeugsoldaten. Er richtete die Bogenlampe auf eine pralle Lichtpfütze auf dem kleinen Schreibtisch-Bühnenbild. Im Prismensucher der Brownie-Kamera verbannte er die Schatten außerhalb der Bühne aus dem Bild. Kein Mikrofongalgen im Bild, keine Ausrüstung, keine Crew. Bloß die Schauspieler. Bloß die Sendung.

Dann war die Sendung zu Ende. James schwenkte die Kamera auf die kleine Staffelei, die er als Halterung für das Testbild gebaut hatte, dieses Rad aus strahlenförmigen Linien mit den Kennbuchstaben des Senders. WJIM. Und er richtete den Sucher voll auf das Testbild. Dann beendete er das Programm.

Er hörte, wie seine Mutter, die allein irgendwo im Haus war, seinen Namen rief. Ihre Stimme hatte nicht die übliche Trägheit, diesmal klang sie angespannt, dringlich.

Und James konzentrierte sich stärker auf den Punkt in der Mitte des Testbilds. Noch stärker. Ausschließlich.

Der Wagen fuhr unter einer weiteren Brücke hindurch. Beton. Von allen die unansehnlichste. Ein reines Bollwerk. Sie waren wohlbehalten auf der anderen Seite. James hörte, wie die Schauspieler im Wagen ihren Text vor sich hin murmelten.

SCHWUNG

Sie wollten auschecken, und der Vater bückte sich und sagte zu seinem Sohn: «Komm, wir gehen.» Als der Junge, noch keine vier Jahre alt, das hörte, warf er ein kleines Buch mit goldenem Einband nach einem anderen Kind im Foyer.

Sie hatten ihm schon tausend Mal gesagt: «Es wird nichts durch die Gegend geworfen.» Schon gar keine Bücher. Aber sie waren abreisefertig, und der Junge wollte noch bleiben.

Genau wie seinen Eltern gefiel ihm dieses Hotel in den Bergen. Sie hatten ihren Urlaub genossen. Das Hotel. Das Wetter. Die Gegend. Alles. Der Junge hatte sogar das Au-Pair-Mädchen gemocht, das der Hotelchef für die Familie gefunden hatte. Doch der Urlaub war vorbei, und deshalb standen sie mit gepackten Taschen im Foyer, die Klettersachen der Eltern ordentlich aufgestapelt. Der Junge wollte nicht wegfahren, also warf er das Buch.

Der Vater spürte, dass er etwas unternehmen musste, auch wenn sich das kleine Mädchen, das der Junge mit dem Buch getroffen hatte, nicht weiter darum scherte. Sie saß in einem roten Ohrensessel und las eine Zeitschrift. Als das Buch ihren Unterarm streifte, blickte sie kurz auf, als hätte bloß jemand ihren Namen geflüstert.

Der Empfangschef und die Touristengruppe aus dem Dorf hatten nichts bemerkt. Sie waren damit beschäftigt, sich ins Gästebuch einzutragen oder die Ansichtskartenständer herumzuwirbeln, und plapperten in einer fremden Sprache.

Die Mutter hatte zwar gesehen, wie ihr Sohn das Buch warf, hatte aber einfach gesagt, sie müsse auf die Toilette. Sie überließ das Ganze dem Vater.

Der packte den Jungen am Handgelenk, zog ihn von dem Matchbeutel, auf dem er saß, und zerrte ihn um die Ecke zu der Holztreppe aus breiten, schweren Dielen, die von den jahrelangen Stiefeltritten zersplittert und abgenutzt waren. Dort stieß er den Jungen zur ersten Stufe, damit er sich wieder hinsetzte. Sich hinsetzte und *darüber nachdachte, dass man nichts durch die Gegend wirft*, wollte er sagen, doch dann merkte er, dass der Junge nicht einfach auf den Hosenboden plumpsen würde.

Der Junge hatte einfach zu viel Schwung. Er konnte die Wucht des Stoßes nicht bremsen und schlug mit dem Hinterkopf auf die Kante einer Stufe.

Einen kurzen Augenblick schien der kleine Junge vor Überraschung zu erstarren. Der Vater reagierte auf seine Art genauso. Sie blickten sich in die Augen. Dann sanken beide zusammen: der Junge mit nach links hängendem Kopf und sich schließenden Augenlidern, der Vater, um das Kind in die Arme zu schließen.

Noch bevor sich die Augen seines Sohnes ganz geschlossen hatten, hatte ihn der Vater hochgehoben. Er dachte, anfangs geradezu voller Stolz: Ich habe richtig schnell reagiert ...

Er drückte den Jungen an die Brust, hielt ihn aber waagerecht, damit er sein Gesicht sehen konnte. Die Lider seines Sohnes flatterten, als würde ihm jemand ins Gesicht pusten. Mit den Fingerspitzen berührte der Vater den Hinterkopf des Kleinen. Trocken. Kein Blut. Er fuhr ihm mit den Fingern durchs Haar. Trocken. Kein Blut. Nicht mal ein Kratzer.

Er wiegte den Jungen – schüttelte ihn fast –, machte tiefe Kniebeugen, immer rauf und runter, sodass das Gewicht des Jungen in seinen Armen schwebte, wenn er hinabtauchte, und sich gegen ihn drückte, wenn er wieder hochkam.

Mehrmals rief er kurz den Namen seines Sohnes. Der Junge räusperte sich, würgte fast. «Gut so», flüsterte der Vater. «Übergib dich. Bitte, das ist okay.»

Doch der Junge übergab sich nicht. Er war jetzt ganz schlaff, bewegte sich nicht mehr, die Augen waren geschlossen. Der Vater hörte jemanden die Treppe herunterkommen.

Er wirbelte herum und trug seinen Sohn mit vier Schritten zu der riesigen Eingangstür. Niemand hatte es bemerkt. Er öffnete die Tür und trat hinaus in die Kälte, die Sonne und das grelle Licht der Eisfelder auf den Gipfeln.

Dieser Glanz. Davon wird er aufwachen, dachte der Vater.

Der Vater machte noch tiefere Kniebeugen, rief den Namen des Jungen noch lauter.

Die Brust des Mannes bebte und tat ihm weh. Das lag nicht am Gewicht des Jungen. Der Vater war ein kräftiger, sportlicher Mann, und der Sohn war erst dreieinhalb. Er hätte seinen Sohn ewig so halten können.

Es war ein schlaffes Zittern, das sich von den Schultern und Beinen zu einem kleinen Loch in seiner Brust ausbreitete. Es war Angst. Um das Kind natürlich. Und als sich seine Gedanken plötzlich überschlugen, war es auch Sorge.

Was war passiert? Gehen wir es nochmal durch. Seine Stimme verwandelte sich in die seiner Frau. Die des Arztes. Der Polizisten.

Gehen wir es nochmal durch. Er hatte seinen Sohn gestoßen. Sein Sohn war gestürzt. Sein Sohn war ausgerutscht und gestürzt. Sein Sohn war bewusstlos. Sein Sohn wachte nicht auf. Seit dieser Reise in die Berge in diesem Frühling würde der kleine Junge nie wieder ganz richtig im Kopf sein.

Während er sein Kind auf den Steinstufen des Hotels wiegte, begriff der Vater, dass der Junge jedes seiner Worte hörte. Unheimlich, aber der Vater war sich dessen ganz sicher. Der Sohn lag bewusstlos in den Armen seines Vaters, doch der Junge hörte ohne Zweifel jeden Gedanken, jede Bitte, jede Lüge, jede Ausrede.

Und deshalb bin ich der Vater dieses Kindes, dachte der Mann, und er ist mein Sohn.

Der Junge kam nicht wieder zu sich. Sie mussten ihn in die kleine Klinik unten im Dorf bringen. Vielleicht würde er im Land Rover auf der Fahrt über die holprige Straße aufwachen. Vielleicht auch nicht.

Mit dem Zeigefinger hob der Vater das linke Augenlid des Jungen an. Über dem geäderten Weiß war gerade noch ein winziger blauer Halbmond zu sehen. Der Vater blickte auf. Die Berge, die er liebte, hatten sich nicht gerührt.

MÄNNERHERZEN

Lucius betrachtete gern alle fünfunddreißig Fernseher gleichzeitig, bevor er seinen Vater nach Hause brachte. Nach dem Training schaute er immer im Laden vorbei, warf seinen Matchbeutel hin, schaltete alle Apparate ein und setzte sich auf einen der Rasentraktoren, während sein Onkel den Laden zusperrte.

Lucius nutzte die Fernseher zur Verbesserung seines Passspiels. Er stellte verschiedene Sender ein, konzentrierte sich auf die Bildschirme in der Mitte und versuchte zu erkennen, was bei den Apparaten an den äußersten Regalenden lief. Das sollte sein peripheres Sehen verbessern. Er konzentrierte sich, bis ihm die Augen schmerzten.

An diesem Abend wollte er seine Gedanken schweifen lassen, weil er vom harten Training müde war, deshalb stellte er bei allen Fernsehern denselben Sender ein. Ein Schauspieler, der einen Arzt mimte, der Kopfschmerztabletten anpries, durchquerte die Bildschirme. All seine Arme schwangen gleichförmig. Lucius gefiel die Präzision und Gleichmäßigkeit der Bewegung. Es war so ähnlich wie «das Fließen», von dem der Trainer immer sprach. Die

Nachrichten kamen wieder, und Panzer rumpelten eine Straße entlang, eigentlich nur ein einziger Panzer, aber im Fernsehen sah es aus wie ein ganzes Bataillon. Ein Mann lief tief gebückt am unteren Rand der Bildschirme entlang.

Dann wurde alles dunkel. In Fünferblöcken erloschen die Bildschirme wie die Zähltafel einer Quizshow bei falschen Antworten. Onkel Lou stellte die Apparate am Hauptschalter aus.

«Louie», sagte Onkel Lou zu Lucius, «das verbessert dein Spiel nicht. Schon ein einziger Fernseher lässt dein Gehirn vermodern. Stell dir bloß vor, was dann drei Dutzend Apparate anrichten.» Onkel Lous massige Gestalt schwebte vorbei. Er zerzauste Lucius das Haar.

Lucius duckte sich weg und sah sich das Wetter an. Er war in kaltem Regen von der Turnhalle herübergekommen. Inzwischen war es draußen dunkel, und der Regen verwandelte sich in Schneeregen und wehte jetzt heftiger aus der Bucht herüber. Es würde kein Vergnügen werden, zu Fuß nach Hause zu gehen.

«Du solltest Radio hören», sagte Onkel Lou, während er die Ladentür abschloss. «Radiohören fördert die Phantasie.» Und er bohrte sich den Zeigefinger in die Schläfe, als wollte er auf dem Telefon die Nummer der Intelligenz wählen.

Lucius hörte ständig Radio. Er hörte sich fast jeden Abend die Celtics-Spiele an und konnte sie in seiner Vorstellung richtig sehen. Bis auf manchmal, wenn er bei laufendem Spiel im Bett lag und feststellte, dass seine Gedanken zu den Bildern der Mädchen in den Schulfluren, zum Training oder zu ihm selbst als eine Art Held abdrifteten, und das Spiel im Radio unter schemenhaften Straßenlaternen stattzufinden schien, die Mannschaften immer wieder im Nichts verschwanden, die Uhr tickte und der Spielstand weit im Hintergrund angezeigt wurde.

«Hörspiele waren am besten», sagte Onkel Lou von der anderen Seite des Ladens. «Irgendwo müssen doch noch ein paar Hörspiele laufen. Wir haben jeden Abend auf dem Teppich gelegen und sie uns vor dem Essen angehört. Stimmt's, Boxer?»

Onkel Lou hatte die Frage seinem Bruder zugebrüllt, Lucius' Vater, der immer noch irgendwo im hinteren Teil des Ladens war. Onkel Lou nannte Lucius' Dad Boxer, seit Jack Kottle vor zwanzig Jahren bei der Küstenwache Mittelgewichtsmeister geworden war. Lucius allerdings konnte sich nicht vorstellen, dass der Spitzname mit was anderem zu tun hatte als dem Job im Lagerraum, den sein Dad jetzt hatte, ein Job, den er nicht bekleidet hätte, wenn er nicht für seinen Bruder arbeiten würde.

Von hinten kam keine Antwort, deshalb schwatzte Onkel Lou einfach weiter, während er sich geschickt durch den Dschungel aus Chrom-Rasenmähergriffen schlängelte.

«Damals lief immer *The Shadow*, *The Lone Ranger* oder *Sergeant Preston*. ‹Wer weiß, welch' Unheil Männerherzen bergen?›», psalmodierte er und ging auf die Toilette.

Im Laden war es still. Lucius' Vater war hinten irgendwo zwischen den Kartons und stellte vermutlich gerade seine Handkarre genau in das Viereck, das Onkel Lou für ihn mit einem Klebestreifen markiert hatte.

Lucius stieg von dem Mäher, und im selben Moment stürzte die Tafelglas-Seitenwand neben dem Eingang krachend in den Laden. Ein neonorange-blaues Skateboard ratterte übers Linoleum an der Kasse vorbei und blieb am Rand des Kunstrasens stehen, auf dem die Mäher ausgestellt waren.

In einem Meer aus Sicherheitsglassplittern saß ein Junge in Drillichzeug und Jeans. Er hatte sich auf die Ellbogen gestützt und warf den Kopf vor und zurück. Die Scheibe war aus dem Rahmen gesprungen und auf dem Boden zersplittert, und in der Ladenfassade klaffte ein einmal drei Meter großes Loch. Vom Gehsteig aus Richtung des Sav-A-Lot drang johlendes Gelächter herüber.

Der Junge sah Lucius an, schien aber nicht viel zu erkennen. Lucius dachte, dass er ihn von der Schule kannte. Er war ein, zwei Jahre älter als Lucius, vielleicht in der zehnten Klasse, falls er überhaupt noch zur Schule ging. Lucius hatte ihn dort schon eine Weile nicht mehr gesehen.

Plötzlich hatte er seine fünf Sinne wieder beisammen, als wäre ein Schalter umgelegt worden. Er wirkte einen Moment überrascht, schob sich dann knurrend mit den Absätzen durch die Scherben und kroch rückwärts. Als er wieder auf den Beinen war, sprang er durch das Loch und war verschwunden. Lucius sah durch die leere Fensteröffnung, wie der Schneeregen unbekümmert auf den Parkplatz fiel.

«Das gehört jetzt dir.»

Lucius drehte sich um. Sein Vater stand hinter ihm und deutete auf das Skateboard.

«Der kommt nicht wieder. Es gehört jetzt dir.»

Lucius' Vater sah zaghaft aus, als würde er eine Fremdsprache ausprobieren und hoffen, dass man ihn verstanden hatte. Er trug sein Arbeitshemd mit der Aufschrift

«Kottle Elektrogeräte» und seine Wollmütze. Obwohl Dezember war, hatte er die Ärmel weit hochgekrempelt, sodass die langen Muskeln und Adern an seinen Unterarmen und der Bizeps zu sehen waren.

Onkel Lou kam aus der Toilette, wo noch der Handtrockner dröhnte. Als er das Loch und die zerbrochene Scheibe sah, blieb er stehen.

«O Scheiße», sagte er und lief zur Tür. Er zog am Griff, aber es war abgeschlossen, also sprang er durch das Loch auf den Gehsteig hinaus. Verzweifelt blickte er sich um.

Lucius folgte ihm nach draußen und sagte seinem Onkel, der Junge sei mit seinen Freunden in Richtung Sav-A-Lot verschwunden.

«Vielleicht erwischen die Wachleute sie», sagte Lucius.

«Darauf würd' ich wetten», sagte sein Onkel. «Hast du sie erkannt?»

Lucius verneinte. Er wusste, er hätte sagen können, dass er den Jungen schon mal in der Schule gesehen hatte. Er wusste, dass er sich aus der Affäre zog, aber der Junge war älter, vermutlich auch stärker und höchstwahrscheinlich gehörte er einer Gang an. Er dachte an das Gelächter, das in der Ferne erklungen war.

Aus dem Innern des Ladens drang ein Klacken und das Rattern von davonbrausenden Rädern. Lucius und sein Onkel drehten sich um und sahen, wie Jack Kottle mit gebeugten Knien, die Arme ausgebreitet wie Flügel, dakauerte und das den Gang hinuntersausende Skateboard beobachtete. Er verlagerte das Gleichgewicht und tat so, als würde er das leere Skateboard steuern, das schließlich in eine lebensgroße Pappfigur des Maytag-Handwerkers krachte. Das Skateboard blieb stehen, als es gegen eine

Waschmaschine mit Trockner stieß. Die Pappfigur stürzte mit dem Gesicht voran in den Gang. Jack Kottle wirbelte herum und richtete sich auf wie ein Bowlingspieler, der zwar gerade alles abgeräumt hat, aber immer noch ein paar wichtige Runden bewältigen muss.

«Volltreffer», sagte er mit nüchternem Ernst.

Lou hatte Lucius einmal erzählt, es habe schon vor dem Unfall Anzeichen für Jacks Wunderlichkeit gegeben. Lou gab zu, dass es nicht immer einfach sei, mit seinem Bruder zurechtzukommen. Als Boxer war Jack seine Wut zugute gekommen, aber manchmal schien er sich mit Leuten zu streiten, die gar nicht da waren, oder wegen einer Beleidigung auszuflippen, die jeder andere als eingebildet bezeichnet hätte. Aber zum Glück, sagte Lou, habe Jack Lucius nie etwas getan, und Lucius wusste, dass das stimmte. Jacks Wut hatte vermutlich auch damit zu tun, dass seine Frau Jeannette wieder nach Montreal abgehauen war.

Als Jeannette verschwunden war, mussten Lou und seine Frau Jack und den kleinen Lucius während der schlimmsten Zeit bei sich aufnehmen. Jack arbeitete für Lou im Laden als Auslieferer.

Der Unfall passierte, als Lucius in die erste Klasse ging, deshalb konnte er sich kaum noch daran erinnern. Jack hatte drüben auf Cape Elizabeth einen Elektroherd angeschlossen. Der Grund war ein defektes Kabel oder auch nur ein Moment der Unachtsamkeit gewesen. Jack erhielt einen Stromschlag, der den Ärzten im Maine Medical zufolge ähnlich heftig war wie ein kleiner Blitzschlag. Er hatte Glück, dass er noch am Leben war.

Aber er war nicht mehr derselbe. Lucius oder Lou mussten Jack zur Arbeit und wieder nach Hause bringen, sonst verlief er sich. Sie mussten ihm das Essen kochen, sonst ließ er es anbrennen oder brannte vielleicht das Haus nieder. Sie mussten ihn ständig unter ihre Fittiche nehmen, wie der Sozialarbeiter es ausgedrückt hatte.

Deshalb war es ein Glück, dass Lucius und Jack bereits in Lous Haus wohnten. Und auch, dass Jack einen Job im Laden seines Bruders hatte. Es war, als wäre alles auf den Unfall vorbereitet gewesen. Zu allem Unglück starb ein Jahr später auch noch Onkel Lous Frau, und der Haushalt bestand nur noch aus Kottle-Männern – eigentlich aus einem Mann, einem Kind-Mann und einem Jungen –, die alle zusammen in einer Nebenstraße der Bramhall Street wohnten und bei Kottle Elektrogeräte in dem kleinen Einkaufszentrum an der Route 1 arbeiteten.

Es klopfte an der Ladentür. Die drei Kottles blickten zum Eingang. Draußen stand der Wachmann des Sav-A-Lot, die Hand auf der Schulter des Skateboardfahrers.

Onkel Lou ging hinüber, um die Tür aufzuschließen. Doch dann winkte er bloß und sagte: «Was soll's. Kommen Sie durch das Loch.»

Der Wachmann versetzte dem Jungen einen Stoß gegen die Schulter, und die beiden zwängten sich durch die Öffnung.

Der Junge hatte eine klatschnasse Wollmütze auf dem Kopf. Sein Drillichzeug und die zerrissene Hose hingen an ihm herunter. Er war nicht viel größer als Lucius und sah aus, als wäre ihm übel, als würde sich ihm von der Ladenbeleuchtung der Magen umdrehen.

Jedes Mal, wenn sich der Wachmann aufregte, wackelte sein Kopf, wie die sich auf Stöcken drehenden Teller bei der Zirkusnummer eines Jongleurs.

«Ich hab gerade jemandem geholfen, der sich aus seinem Wagen ausgesperrt hatte, und hab gesehen, was passiert ist, Mr. Kottle», sagte der Wachmann. «Der Junge ist mir praktisch in die Arme gelaufen. Wir haben seine Mutter verständigt, sie kommt her, um ihn abzuholen und mit Ihnen den Schaden zu klären.» Der Mann war völlig aufgeregt, weil er sich endlich einmal nützlich fühlen konnte.

«Also ...», sagte Onkel Lou mit leichter Genugtuung, und es klang, als wollte er noch etwas hinzufügen, wüsste aber nicht, was.

«Haben Sie irgendwas, womit Sie das Loch für die Nacht flicken können?», fragte der Beamte.

«Wir können ein paar leere Waschmaschinenkartons platt drücken und vor das Loch kleben», sagte Lou.

Der Mann betrachtete das Loch. «Das reicht nicht», sagte er. «Ich mache um zehn Feierabend. Sie sollten lieber Sperrholz davorschrauben oder jemanden über Nacht dalassen. Nur um sicherzugehen. Es spricht sich hier schnell rum, wenn ein Elektrogeschäft sperrangelweit offen steht.»

Lou wandte sich seufzend an den Jungen: «Junger Mann, du hast mir den Abend verdorben. Eigentlich wollte ich nach Hause und mir in aller Ruhe Sport anschauen.»

«Das können Sie doch hier machen», sagte der Junge. Er deutete mit dem Kopf auf die Wand aus Fernsehern.

«Hey.» Der Wachmann schüttelte den Jungen an der Schulter. Der Junge zuckte gereizt mit den Schultern und schnippte die Hand des Mannes weg. Dabei ließen sie es bewenden und hielten ungefähr einen Meter Abstand. Es schien, als wüsste keiner, was als Nächstes zu tun war.

Lucius sah, dass der Junge ein kleines Ziegenbärtchen

hatte. Flaum, hellbraun wie Milchkaffee. Lucius fragte sich, ob er sich in ein paar Jahren auch einen Ziegenbart wachsen lassen konnte. Im Moment war das noch ausgeschlossen. Er betastete gerade sein Kinn, als er sah, dass der Junge ihn anblickte. Ein kurzer verstohlener Blick, dann schaute der Junge ein zweites Mal, forschend, vielleicht auf der Suche nach Mitleid. Lucius versuchte, ausdruckslos auszusehen, distanziert, wie ein unbeteiligter Zuschauer. Dann trat sein Vater hinter ihn.

«*Willst du dein Skateboard wiederhaben?*», fragte Jack ziemlich laut.

Der Junge wirkte verdutzt. Jack hielt ihm das Skateboard mit ausgestreckten Armen hin. «*Willst du dein Skateboard wiederhaben?*»

Der laute, ausdruckslose Tonfall verriet alles. Der Junge grinste verschlagen, und Lucius wusste, was er dachte. Er hatte gleich gemerkt, was mit Lucius' Dad los war. Das kam ganz oft vor. Dafür verabscheute Lucius den Jungen.

«Klar», sagte der Junge und griff nach dem Skateboard.

Doch der Wachmann bremste ihn.

«Lassen wir das erst mal beiseite», sagte der Mann.

Der Junge zuckte mit den Schultern. Jack auch, fast genau wie der Junge. Jack drehte die Räder mit der rechten Hand. Die Radlager sangen gleichmäßig. Lucius konnte sie hinter den Rädern in ihren Laufringen glitzern sehen. Es war ein gutes Skateboard.

Onkel Lou fragte mit finsterem Gesicht: «Wie lange dauert es denn, bis die Mutter da ist?»

Der Wachmann sagte: «Sie wohnt drüben in der Parsons Street in der Nähe der Back Cove. Sie hat gesagt, sie ist gleich da.»

Das Walkie-Talkie des Mannes krächzte, und er drehte unwillkürlich an dem Knopf zur Rauschunterdrückung. Dann legte er das Ohr ans Funkgerät. Lucius verstand kein Wort von dem Gekreische.

«Mein Gott, ich soll zum Sav-A zurückkommen», sagte der Wachmann. Er wirkte durcheinander, als würde der Teller auf dem Stock jeden Moment herunterfallen.

«Lassen Sie ihn hier», sagte Onkel Lou.

«Geht das in Ordnung? Sie passen auf ihn auf, bis seine Mutter da ist? Er ist sauber. Ich hab ihn gefilzt.»

«Bei uns ist der Täter sicher», sagte Lou.

Der Wachmann ging rückwärts zur Tür, drehte sich dann um und stieg durch die Öffnung.

«Danke», sagte Onkel Lou.

Der Wachmann fasste sich an den Mützenschild. Während er davonzockelte, hielt er die Taschenlampe und den Schlagstock an seinem Allzweckgürtel fest, damit sie nicht gegen seine Schenkel schlugen.

«Wie heißt du?», fragte Onkel Lou den Jungen, der sich jetzt an die Kasse lehnte, wie ein Cowboy an der Theke, der den ganzen Saloon im Blick hat.

«Dirty Harry», sagte der Junge.

«Na los», sagte Lou.

«Ronnie Babbs.»

«Willkommen bei Kottle Elektrogeräte, Mr. Babbs», sagte Onkel Lou.

«Sehr erfreut», sagte Ronnie. Er stellte sich so hin, dass er sich nur noch auf einen Ellbogen stützte und Onkel Lou den Rücken zukehrte. Auf der Theke stand ein Korb voller Gratisschlüsselketten, die Ronnie aufschaufelte und durch die Finger gleiten ließ.

«Weißt du», sagte Onkel Lou zu ihm, «die kaputte Fensterscheibe ist keine so große Sache. Da musstest du nicht wegrennen.»

«Was heißt denn keine große Sache?», fragte Ronnie Babbs und drehte sich zu Lou um. «Ein paarhundert Dollar?»

«Vermutlich», sagte Onkel Lou.

«Das reicht aber.»

«Vielleicht auch weniger. Ich kenne den Preis nicht. Uns ist noch nie eine kaputt gegangen.»

«Und ich bin noch nie auf Eis gefahren», sagte Ronnie.

«Kein Eis hier drin», sagte Lucius' Dad vergnügt. Er streckte das Skateboard wieder aus, und seine Muskeln spannten sich an.

«Boxer», sagte Onkel Lou, «der Polizist hat nein gesagt.»

Gekränkt ließ Jack das Skateboard sinken.

«Polizist», schnaubte Ronnie. «Barney Fife.»

«Jedenfalls Polizist genug, um dich zu schnappen», sagte Onkel Lou. Lucius sah, dass sein Onkel allmählich die Geduld verlor.

«Wo sind deine Kumpels, Ronnie?», fragte Onkel Lou. «Sind die abgehauen und haben dich im Stich gelassen?»

«Was denn für Kumpels?»

Onkel Lou antwortete nicht, und Ronnie drehte sich zu Lucius um, der spürte, dass sein Gesicht ganz heiß wurde.

Ronnie warf Jack einen Blick zu, grinste noch mehr und sah dann Lucius wieder an. «Du spielst in der zweiten Basketballmannschaft, stimmt's?»

Lucius nickte.

«Bester Werfer?»

Lucius nickte nicht. In den beiden letzten Spielen hatte er die meisten Punkte erzielt. Er war überrascht, dass Ronnie das wusste. Vielleicht hatte er auch nur richtig geraten.

«Entschuldigen Sie, Sir», sagte Ronnie jetzt. «Würden Sie bitte damit aufhören?»

Jack hatte die Räder des Skateboards immer schneller gedreht. Jetzt blickte er mit großen Augen auf. «Das schadet doch nichts», sagte er.

«Aber es ärgert mich», sagte der Junge.

Jack wirkte verwirrt. Lucius spürte die aggressive Selbstgefälligkeit hinter dem allzu höflichen Ton des Jungen.

«Da wir gerade von Ärger sprechen», sagte Onkel Lou, «wo bleibt eigentlich deine Mutter?»

Der Junge zuckte mit den Schultern und ging zu den Fernsehern. Die drei Kottles beobachteten ihn. Er fingerte an ein paar gelben Schildern herum und sah sich die Preise an.

«Die sind im Einkaufszentrum aber billiger», sagte er. Er schlenderte zu den Mähern rüber und tat so, als hätte er unbegrenzten Kredit.

Lucius wünschte sich, dass sein Onkel etwas unternahm, aber Lou schaute nur zu.

«Boxer», sagte er schließlich, «warum gehst du nicht nach hinten und suchst was, womit man das Loch abdecken kann?»

Der Junge hatte den Kopf in die Trommel einer Waschmaschine gesteckt. Jack ging mit den Händen in den Taschen den Gang entlang.

An der Tür machte es *tack-tack-tack*. Eine groß gewachsene Frau im Regenmantel klopfte mit ihren Autoschlüsseln an den leeren Aluminiumrahmen.

«Es ist offen», sagte Lou. «Das Fenster, meine ich.»

«Die Sache tut mir leid», sagte die Frau. Sie stieg durch die Öffnung und trat knirschend auf die Glassplitter, die auf dem Boden verstreut waren. Sie trug einen schweren pfirsichfarbenen Plaidmantel und modische Seemanns-Schlechtwetterkleidung. Sie sah aus, als hätte sie oben in Freeport die Outletläden geplündert.

Sie warf die Kapuze ihres Regenparkas zurück und klopfte das Regenwasser ab. Sie hatte kurzes blondes Haar, das so frisiert war, als würde ständig ein heftiger Wind von rechts wehen.

«Ich wäre früher gekommen, aber die Straßen. Ich bin Lydia Babbs.» Sie streckte die Hand aus.

Lucius sah mit Bestürzung, dass sein Onkel erfreut wirkte, fast als hätte er schon sein Verkäufergesicht aufgesetzt.

«Lou Kottle», sagte er. «Das ist mein Neffe Lucius. Ihr Sohn ist da drüben und sieht sich bei den Geräten um.»

Mrs. Babbs starrte zum hinteren Teil des Ladens. «Ronnie?», rief sie.

«Yo.»

«Kommst du bitte einen Moment her? Wenn es dir nichts ausmacht. Damit wir das hier aushandeln können.»

Ronnie kam durch den Gang nach vorn geschlurft. Er hatte blonde Haare und einen Bürstenschnitt, der seinen Schädel fast kahl aussehen ließ. An den Ohren hatte er jeweils mindestens sechs winzige Goldohrringe. Lydia Babbs durchstöberte ihre Umhängetasche. Sie zog ein Scheckbuch hervor.

«Das Ganze tut mir leid», sagte sie. «Am meisten, muss ich sagen, bedauere ich, dass ein gewisser junger Mann weggelaufen ist und nicht für seine Tat geradegestanden hat. Aber das ist eher mein Problem als Ihres, meine Herren, oder? Sie müssen Ihr Fenster reparieren. In so einer Nacht sollte man seine Fenster schließen können. Was meinen Sie, was das kostet? Wenn möglich, würde ich die Sache gern sofort regeln. Sind Sie versichert?»

«Klar», sagte Onkel Lou. «Aber das fällt vermutlich unter die Selbstbeteiligung. Zweihundert sollten reichen.»

Ronnie trat von einem Fuß auf den anderen. Er stand so nah bei seiner Mutter, dass er ihr über die Schulter schauen konnte, während sie in ihrem Scheckbuch schrieb. Als Ronnie sah, dass Lucius ihn beobachtete, wandte er sich ab. An Ronnies Hinterkopf war ein aufwärts zeigender Pfeil eintätowiert oder aufgemalt. Er sah aus wie die Pfeile auf den Versandkartons hinterm Haus. Hier ist oben.

Während Lydia Babbs mit gesenktem Kinn in ihrem Scheckbuch schrieb, klang ihre Stimme undeutlicher.

«Soll ich ihn auf Kottle Elektrogeräte ausstellen?», fragte sie.

«Ja», sagte Onkel Lou.

«Der Name Kottle hat mich neugierig gemacht», sagte sie, hielt aber inne, als alle ein Klirren hörten. Ronnie hatte einen Besen entdeckt und fegte die Glassplitter zu einem Haufen zusammen.

«Oh, das ist nett von dir, Ronnie», sagte seine Mutter.

«Für die Tat geradestehen, Mom.»

Er machte ein selbstgefälliges Gesicht, doch sein Ausdruck änderte sich jäh, als er irgendwas hinter ihnen sah. Alle erblickten Jack, der einen platt gedrückten Kühlschrankkarton und das Skateboard in der Hand hielt. Er ging langsam um die ausgestellten Rasenmäher herum, doch bei Mrs. Babbs' Anblick blieb er wie angewurzelt bei den Fernsehern stehen.

«Lydia?», murmelte er.

Lucius sah, wie ein Blick voll unterdrücktem Erstaunen über Mrs. Babbs' Gesicht huschte. Sie senkte den Kopf ein bisschen, ließ den Blick auf Jack ruhen und blinzelte, als versuchte sie ihn durch dichtes Gestrüpp zu erkennen.

«Ja?», sagte sie nickend und lächelte sogar. «Jack. Wie geht's dir?»

«Gut», sagte Jack. «Gut. Mir geht's gut.»

Sie lächelten sich zaghaft an, und Lucius spürte, dass er, Onkel Lou und Ronnie plötzlich ganz überflüssig waren.

Jack rührte sich nicht vom Fleck, er nickte und lächelte bloß, und es fiel Mrs. Babbs zu, den drei Umstehenden etwas zu sagen. «Wir haben uns vor langer Zeit mal gekannt», sagte sie, und dann wieder zu Jack gewandt: «Lange nicht gesehen.» Sie stieß ein verlegenes Lachen aus.

«Lange», sagte Jack leise. Er hatte die Augen zusammengekniffen, als wollte er den Blick schärfen, während er sie betrachtete. Lucius hatte seinen Dad noch nie so konzentriert gesehen. Es war, als würde er angestrengt aufs Meer hinausstarren, um ein Schiff oder einen Vogel am Horizont zu entdecken.

Mrs. Babbs blickte sich um und wedelte mit dem Scheckbuch. «Ich hab mich gewundert, als ich den Scheck ausstellte. Über den Namen», sagte sie. «Ich wusste es nicht. Gehört der Laden dir?»

«Nee», sagte Jack, hob steif den Arm und deutete mit dem Skateboard auf Lou. «Der gehört ihm.»

Das sagte er mit seiner ausdruckslosen Stimme, ein bisschen falsch betont, und Lucius sah, wie sich die Rädchen in Mrs. Babbs' Kopf drehten. Er dachte, dass sein Vater und Mrs. Babbs sich lange vor dem Unfall gekannt hatten.

«Ich arbeite für ihn», sagte Jack. Er hielt das Skateboard immer noch ausgestreckt und deutete damit auf Lou. «Mein großer Bruder.» Er ließ den Arm sinken.

«Oh», sagte Mrs. Babbs. «Das ist schön.»

«Mom», murmelte Ronnie, «können wir gehen?»

«Das ist mein Sohn», sagte Jack und hob wieder das Skateboard, deutete diesmal jedoch auf Lucius, der zu lächeln versuchte, aber wusste, dass es vermutlich eher aussah, als würde er zusammenzucken.

«Ja, ich weiß. Ich meine, dein Bruder hat uns eben miteinander bekannt gemacht.» Es war nur zu ahnen, aber inzwischen hatte sie wohl kapiert, dass mit Jack Kottle irgendwas passiert war. Sie klang jetzt wie die meisten Leute, wenn sie mit Jack redeten – wie eine Sozialarbeiterin. Es war fast unmerklich, aber sie sprachen deutlicher und zugleich klangloser und machten Pausen, damit er genug Zeit hatte, die Worte zu begreifen. Lucius wusste, dass es die Leute nur gut meinten, aber seine Abneigung dagegen machte es schwer, das Ganze zu ertragen.

«Wir haben Lucius nach meinem Bruder Lou benannt», sagte Jack. Jetzt wurde er absolut geschwätzig.

«Mm», sagte Mrs. Babbs.

«Vielleicht sollten wir das Skateboard zurückgeben», sagte Lou zu seinem Bruder.

«Klar.» Jack ging zu Ronnie, das Skateboard vor sich wie ein Schneepflug. «Hier.»

Gerade als Ronnie nach dem Skateboard griff, zog Jack es weg, nicht böswillig, sondern weil ihm etwas anderes eingefallen war.

«Ich hab immer gesurft. Weißt du noch, Lydia?»

«Natürlich.»

«Ich war gut.»

«Stimmt. War er wirklich.»

«Ich hab alle Moves beherrscht. Bevor du geboren wurdest, Lucius. Du hast mich auch nie gesehen, Lou. Ich war spitze.»

Onkel Lou lächelte matt. Er musterte die kaputte Scheibe. Der Schneeregen draußen klang wie fettiges Fleisch, das in einer Pfanne brutzelt. Vorn im Laden wurde es langsam kühl.

«Hast du mal was von Jeannette gehört?», fragte Jack Lydia.

Sie errötete und schüttelte ernst den Kopf. «Du?» fragte sie.

«Nee», sagte Jack.

Lucius hätte aus dieser Antwort gern etwas herausgelesen, aber sie war nicht bemerkenswerter als ein Kieselsteinchen, das sein Dad in einen trüben Teich geworfen hatte.

«Erinnerst du dich an Narragansett Pier, Lydia? An den Hurrikan Agnes?», fragte Jack.

Lydia Babbs fummelte nervös an dem Scheck in ihrem Buch herum. Sie riss ihn heraus und reichte ihn Lou. «Ich erinnere mich», sagte sie.

Jack legte den Karton hin und wog das Skateboard in den Händen.

«Du kamst runtergefahren. Ich war damals bei der Küstenwache. Ich hab mich unerlaubt von der Truppe entfernt, um bei dir sein zu können.»

«Um surfen zu können.»

«Du hast im Wagen gesessen und zugeschaut. Gab nie wieder solche Wellen. Hab nie wieder so ein Wochenende erlebt.»

Jack betrachtete das Skateboard in seinen Händen.

Lydia ließ das Scheckbuch in ihre Tasche gleiten. «Du hast dich verlobt.»

Jack blickte auf. «Ich war schon verlobt.»

«Tja ...»

«Du erinnerst dich.»

Lydia Babbs hauchte ein bisschen Luft aus und sah sich nach Ronnie um. Er stand neben der Tür und gab sich den Anschein verzweifelter Ungeduld. Er machte eine Handbewegung, die «nach Ihnen» bedeuten sollte.

Plötzlich krachte das Skateboard auf den Boden. Alle fuhren herum und sahen, wie Jack auf dem Skateboard kauernd davonbrauste und unter dem Ellbogen der Pappfigur hindurchglitt.

«Herrgott», murmelte Lou.

Lucius ging ein paar Schritte auf seinen Vater zu, der inzwischen zur Rückseite des Ladens gebraust und scheppernd gegen eine Waschmaschine mit Trockner geknallt war.

«Der Kerl hat's an den Mikrowellen vorbeigeschafft», sagte Ronnie. «Rekordverdächtig.»

Lou und Lydia trabten zu Jack hinüber. Auch von da, wo er stand, konnte Lucius sehen, dass sein Dad sich die Nase gebrochen hatte und blutete. Lydia holte ein Taschentuch aus ihrer Tasche. Onkel Lou stand an der Seite. Während Lucius die beiden betrachtete, arbeitete es in ihm. Die Verlobung. Vor der Verlobung. Danach. Seine Mutter. Lydia. Plötzlich kam ihm der Gedanke, dass sein Leben ganz anders hätte verlaufen können. Aber wenn alles auch nur ein bisschen anders gekommen wäre, würde er nicht existieren. Es war einfach so gelaufen. Der Mann, der mit Lydia Babbs in Narragansett gewesen war, war derselbe Mann, der jetzt zusammengesackt bei den Waschmaschinen lag. Ja, das stimmte, aber er hatte sich verändert, deshalb stimmte es nicht. Während Lucius wie durch einen Tunnel die Leute auf der anderen Seite des Ladens anstarrte, kam er sich verloren vor, beiseite gedrängt.

Am Rand seines Blickfelds sah er, wie sich fast unmerklich etwas bewegte. Es lenkte seine Aufmerksamkeit von dem Tunnel ab. Als er sich umdrehte, sah er, wie Ronnie an der Kasse stand und eine der Gratisschlüsselketten von Kottle Elektrogeräte in der Hand verschwinden ließ.

«Die sind für die Kunden», sagte Lucius.

Ronnie sah ihn voller Verachtung an. Plötzlich begriff Lucius, dass sie beide am liebsten woanders gewesen wären. Sie empfanden dasselbe, aber das war kein Trost, es war eher Gift.

«Ich *bin* ein Kunde», sagte Ronnie. «Wir haben gerade ein verdammtes Fenster gekauft, oder?»

Lucius ging hinüber, packte Ronnie am Handgelenk und knallte dessen Hand auf die Theke, bevor Ronnie die Schlüsselkette einstecken konnte. Ronnie wand sich, schlug Lucius mit der freien Hand, und im Nu lagen die beiden auf dem Boden.

Es gab einen Hagel von Schlägen, von schwarzen und lila Blitzen, Lou und Lydia riefen nach ihnen, jemand hatte die Hände an Lucius' Kragen und zog ihn weg, seine Faust brannte, während er Ronnie ein paar kräftige Schläge aufs Auge versetzte, und dann nahm er den Plastikgeruch des

AstroTurf wahr, während sich sein Gesicht in den knisternden Kunstrasen drückte. Im Handumdrehen war alles vorbei. Sie wurden getrennt und schnappten nach Luft.

Jetzt hatte Lucius genau wie sein Vater eine blutige Nase. Lou gab ihm ein bisschen Toilettenpapier. Ronnie hielt sich die nasse Mütze aufs linke Auge.

«Bei meiner Ankunft habe ich mich entschuldigt. Jetzt tue ich das nochmal», verkündete Mrs. Babbs. In ihrer perfekten Kleidung sah sie erhitzt und unordentlich aus. Ihr Haar wirkte jetzt eher ungepflegt als vom Wind zerzaust.

«Auch wir müssen uns entschuldigen», sagte Onkel Lou. Er stieß Lucius mit dem Arm an.

«Tut mir leid», murmelte Lucius.

Jack kam aus dem hinteren Teil des Ladens. Er gab Ronnie das Skateboard. Dann sah er Lydia Babbs an. Seine Nase blutete nicht mehr, schwoll jetzt aber an. Er legte Lucius den Arm auf die Schulter. Lucius wollte ihn abschütteln, aber er war so schwer wie eine Bootstrosse. Durch das Gewicht stand er still.

«Jetzt weißt du, wo ich arbeite», sagte Jack zu Lydia.

«Ja», sagte Lydia. Sie streckte die Hand aus und berührte ihn über dem aufgekrempelten Ärmel, mied seine Haut, berührte bloß den Stoff.

Trotz seiner schmerzenden Nase und seines verschwommenen Blicks sah Lucius in den Augen der Frau, dass die Berührung bedeutete, dass sie nicht wiederkommen würde, nicht einmal durch Zufall, dass sie diesen Laden stets meiden würde. Lucius betrachtete das erwartungsvolle Gesicht seines Dads, das ganz nah an seinem eigenen war. Er hatte keine Ahnung, ob sein Vater die Botschaft verstand.

Onkel Lou schloss die Tür auf, damit Ronnie und

Mrs. Babbs rausgehen konnten. Der Pfeil auf Ronnies kahlem Schädel verschwand im abendlichen Schneeregen.

Als die Kottles wieder allein waren, sagte Lou seufzend, er werde die Nacht im Laden verbringen. Er klebte Pappkartons an den leeren Rahmen.

«Ich bleibe auch», sagte Jack.

«Lucius?», fragte Onkel Lou. «Morgen ist keine Schule. Es ist Samstag.»

«Ich bleibe.»

«Was tun wir jetzt?», fragte Jack.

Lou rief bei dem Restaurant auf der anderen Seite des Sav-A-Lot an, und sie ließen sich zwei Pizzas bringen und guckten bis zum Sendeschluss Fernsehen. Ein Polizist kam auf seiner Streife vorbei und fragte, ob alles in Ordnung sei. Lou holte drei Umzugsdecken aus dem Lagerraum und richtete auf dem AstroTurf drei Betten her.

Sie legten sich inmitten der Rasenmäher auf den Kunstrasen und horchten auf das Unwetter. Vielleicht hatten Jack und Lou immer so dagelegen und sich Hörspiele angehört. Von seinem Platz aus sah Lucius die leeren Bildschirme all der Fernseher. Er übte peripheres Sehen, um sich die Zeit zu vertreiben und müde zu werden, aber er war zu aufgedreht, und das Gesicht tat ihm weh. Außerdem war es dunkel. In den Fernsehern spiegelte sich nichts.

«Sie sah ziemlich gut aus, Boxer», sagte Onkel Lou schließlich.

«Ja», sagte Jack.

«Aber ihr Sohn ist ein Trottel», sagte Lou.

Auch im Dunkeln wusste Lucius, dass diese Bemerkung an ihn gerichtet war.

«Ja», sagte er.

«Vielleicht sollte ich dich ab jetzt Boxer nennen», sagte Onkel Lou.

«Ist schon okay», sagte Lucius. Er wünschte, er hätte stolz sein können.

«Das da draußen hört sich wie ein Hurrikan an», sagte Jack.

«Hurrikans gibt's nur im Herbst, Jack. Jetzt ist Winter.»

«Manchmal auch im Sommer, Lou.»

«Wie du meinst.»

«Agnes war ein Sommerhurrikan, Lou.»

«Hm-hmm.»

Lou drehte sich zur Seite, und der Kunstrasen knisterte und kratzte. Als die Laternenpfähle auf dem Parkplatz in dem von der Bucht herüberwehenden Wind schaukelten, flimmerte das gelbliche Licht.

Wenn Lucius nun nicht einschlafen könnte, wäre es das erste Mal, dass er die ganze Nacht wach war und einfach nachdachte.

Er war aufgewühlt. Das lag an dem Gespräch, der Prügelei und dem Sturm, der draußen wütete. Und noch an etwas anderem. An dem Gefühl, dass er irgendwo sein sollte und keine Ahnung hatte, wo. In dem eisigen Licht sah Lucius seinen Vater, der sich, die kräftigen Arme auf der gesteppten Umzugsdecke, durchs Fenster den Sturm ansah. Er lag bloß da, die Arme verschränkt, geduldig, als hätte er alle Zeit der Welt, bis etwas Schönes passierte.

«Sie hatte Unrecht, Lou.» Jacks Stimme war leise, weit weg.

«Schlaf jetzt, Boxer.»

«In einem Punkt hatte sie Unrecht», sagte Jack. «Ich hab mich wegen ihr unerlaubt von der Truppe entfernt.»

Lucius starrte in die Dunkelheit. Er konnte nichts sehen, aber er starrte weiter, bis er aus den schmerzenden Augenwinkeln erkannte, dass sein Onkel und sein Vater fest schliefen. Er war von den dreien der Einzige, der noch hellwach war, und er wusste, dass er die ganze Nacht darüber nachdenken würde, wo der Ort war, an dem er sein sollte, wie er dort hingelangte und wann er nach dem Sturm aufbrechen würde.

BRAUTZILLA GEGEN DIE SUPERHIRNE

Die Genietagung fand in einem Holiday Inn im Nachbarbezirk statt. Audreys Mutter fragte ihre Tochter, wann sie wieder zu Hause sein würde. Sie stellte die Frage in einem Singsang, der Audrey zeigte, dass ihre Mutter nicht richtig bei der Sache war. Sie saß auf ihrem Bett und durchstöberte den Angelkasten, in dem sie ihre Bühnenschminke aufbewahrte. Auch wenn Audrey erwidert hätte: «In vierzehn Jahren», hätte ihre Mutter vermutlich nur ein unverständliches Gemurmel von sich gegeben. Also sagte Audrey: «Gegen elf. Ich gehe zu Fuß. Oder vielleicht nimmt Hannah mich mit.»

Audreys Mutter ließ den Angelkasten zuschnappen. Er hatte Audreys Ex-Stiefvater gehört. Der würde ihn lange nicht brauchen, deshalb hatte ihre Mutter ihn in Besitz genommen und benutzte ihn für ihre eigenen Zwecke. Dafür bewunderte Audrey ihre Mutter. Es war, als würden sie und ihre Mutter auf dem Territorium eines fernen, mächtigen Imperiums kleine Flecken zurückerobern.

Doch dann erzählte ihre Mutter von der Party, und Audrey spürte, wie sich ihr Bündnis in Luft auflöste.

«Schon wieder eine Party?», stöhnte sie, übertrieb es aber nicht. Sie wollte wie eine ausgenutzte Mitbewohnerin klingen, nicht wie eine quengelnde Tochter.

Audreys Mutter zuckte mit den Schultern. Sie versuchte es mit einem koketten Lächeln. «Lässt sich nicht ändern», sagte sie.

«Ach, na dann», sagte Audrey und konzentrierte sich auf das Lächeln, «feier schön, Ma. Feiere verdammt nochmal schön weiter.»

«Audrey!»

Audrey äffte das Schulterzucken ihrer Mutter nach.

Es brachte nichts, darauf hinzuweisen, dass die Partys des Gemeindetheaters immer bei ihnen stattfanden. Also ließ sie es bleiben. Aber die Partys, die ihre Mutter selbst gab, ärgerten sie. Sie erinnerten Audrey an die Seite ihrer Mutter, die sie lieber nicht sehen wollte.

Obwohl die Scheidung schon lange durch war, hatte Audreys Mutter erst wieder angefangen, sich zu verabreden, als Wallace wegen Scheckbetrugs ins Gefängnis gewandert war. Es war, als bräuchte sie erst die Bestätigung des Gerichts, dass ihr Exmann ein Gauner war, bevor sie wieder anfangen konnte, sich umzusehen.

Aber die Verabredungen ihrer Mutter waren erfolglos gewesen. «Eine Kavalkade von Blindgängern», hatte Audrey dazu gesagt, und ihre Mutter musste ihr beipflichten.

Doch als ihre Mutter anfing, fürs «Laientheater» vorzusprechen, wie sie es anfangs nannte, wurde es langsam besser. Sie hatte Audrey klargemacht, dass sie das tat, um ihr gesellschaftliches Leben in Gang zu bringen. Das hieß, einen Kerl für sich zu finden. Aber aus dem Kerl wurde nichts, und das Theater begann sie stärker zu interessieren. Sie sprach viel vor und bekam jedes Mal eine Rolle, oft die Hauptrolle. Sie konnte gut dreiste, freche Frauen spielen, aber im richtigen Leben war sie bei weitem nicht so extrem. Manchmal ließ sie sich hinreißen und sagte unter Tränen zu Audrey: «Ach, Schätzchen, was soll deine Mama bloß tun?» Doch sie ließ sich nicht unterkriegen und fing zu Audreys Verzweiflung sogar an, sich als Schauspielerin ernst zu nehmen.

«Da kommen doch bestimmt nicht viele von euch?», sagte Audreys Mutter und ging in den Flur, wo sie im Wandschrank nach ihrem Mantel kramte. «Wie viele Genies kann es schon in dieser High School geben?»

«Mom, es ist der Debattierclub. Wir sind Gäste.»

Audreys Mutter wirbelte ihren Mantel wie den Umhang eines Matadors vor Audreys Gesicht herum und lächelte ihre Tochter an.

«Reingelegt», sagte sie und tätschelte Audreys Wange. «Ich weiß, dass du kein Genie bist.»

«Ma, du kannst mich mal.»

«Na, na, na. Bis heute Abend.»

Audreys High School-Debattierclub hatte fast die Regionalausscheidung gewonnen. Über das Team «Die Superhirne» (den Namen hatte sich Audrey ausgedacht) war ein Bericht in der Lokalzeitung erschienen, und so hatten die Genies wahrscheinlich von ihnen erfahren. Mensaclubs aus allen Ecken der drei Staaten veranstalteten eine Tagung, und sie hatten die Superhirne eingeladen, zur Unterhaltung der Genies gegeneinander anzutreten. Das Thema, das Audreys Mannschaft gezogen hatte, lautete «Grünes Licht für Ölbohrungen in der Arktis?»

Schon bald nach ihrer Ankunft in dem Hotel wurde

Audrey klar, dass es sich bei der Genietagung um keine Versammlung handelte, bei der abstruses Wissen ausgetauscht oder über das Unbegreifliche diskutiert wurde. Es war schlicht und einfach eine Singleparty.

«Trottelalarm», flüsterte Hannah Micone Audrey zu, als sie die Genies sahen, die im Lilienzimmer des Hotels versammelt waren. Audrey und Hannah mussten sich das Kichern verkneifen.

«Noch vertrottelter als ein Debattierclub», sagte Audrey, worüber beide laut lachten, und Mrs. Schlickter musste sie zum Schweigen bringen.

«Das ist süß», sagte Hannah. «Sie mögen unglaublich intelligent sein, aber sie gehen die Sache genauso an wie alle anderen.»

In dem Tagungsraum befanden sich bestimmt zweihundert Genies. Einige sahen durchschnittlich bis annehmbar aus, aber die meisten waren typische Genies: Übergewichtige, schlecht Gekleidete, Typen mit reichlich Schönheitsfehlern. Sie wirkten unbeholfen. Sie hatten Mängel.

«Die sind wie wir. Bloß noch mehr», sagte Hannah.

Audrey fragte sich, was Hannah damit meinte. Audrey hatte fast ihr ganzes zweites High School-Jahr darauf verwandt, aus Hannah schlau zu werden, über sie nachzudenken. Sie fragte sich, wen Hannah genau meinte, als sie «wir» sagte. Sie fragte sich, wie oft Hannah über sie nachdachte.

Nach Audreys Meinung war der Debattierclub das Sammelbecken der klügsten Schüler in ihrer High School. In manchen Schulen war es der Schachclub, in anderen die Jungen Unternehmer von Amerika. In Audreys Schule die Debattierer.

Sie wussten das und hielten zusammen. Die Genies machten es in größerem Maßstab ebenso.

«Wenn ich das sehe, hab ich keine Lust, ein Genie zu werden», sagte Hannah.

«Da brauchst du dir keine Sorgen zu machen», sagte Audrey, und sie boxten sich gegenseitig auf die Schulter.

Hannah passte nicht richtig zu Audreys Sammelbeckentheorie, denn sie bewegte sich ein bisschen leichtfüßiger durch die Schichten der High School als die anderen Debattierer. Sie hatte einen älteren Bruder, der im letzten Schuljahr war und bei den Leichtathleten Langstreckenrennen lief. Wenn sie mit anderen Schülern zusammensaß oder redete, war sie freier. Hannah hatte mal gesagt, die Superhirne seien eine echte Bereicherung. Vermutlich hieß das, dass Hannah das Team bloß benutzte, um aufs College zu kommen, dass sie sich nicht viel draus machte, dass sie andere Möglichkeiten hatte. Trotzdem konnte Hannah gut debattieren. Vor Publikum fühlte sie sich wohl, sie konnte die Argumente ihrer Gegner geschickt widerlegen, es machte ihr Spaß, schlagfertig zu sein. Und sie schien gegenüber Audrey freundschaftliche Gefühle zu hegen, offen zu sein, manchmal schien sie sogar mit ihr zu flirten, aber darüber wagte Audrey kaum nachzudenken. Trotzdem stellte Audrey, wenn sie allein war, manchmal fest, dass sie leise den Namen ihrer Freundin sang: «Han-nah, Han-nah, HannahHannah, Han-nah.» Wie ein Seilspringreim. Wie ein Ruf in die Dunkelheit. Zur Zimmerdecke über ihrem Bett hinauf.

Die Genies hatten für ihr Programm alle Tagungsräume des Holiday Inn in Beschlag genommen. Ihre sozialen Defizite glichen sie mit ihrer Veranstaltungsplanung wieder aus. Neben den Debattierern hatten sie einen Wissenschaftler eingeladen, der einen Vortrag über einen englischen Bogenschützen aus dem 14. Jahrhundert hielt, der im Hundertjährigen Krieg mit einer Hand voll Männern ein französisches Schloss erobert habe und, wie der Wissenschaftler behauptete, der echte Robin Hood gewesen sei. Es gab eine Frau, die einen Zeltplatz errichtet hatte und den Leuten zeigte, wie man exotisches Wildbret zubereitete. Es gab die Diashow eines Mechanikers aus Ohio, der aus PVC-Rohren eine Orgel gebaut hatte. Er ließ ein Band laufen, auf dem er auf dem Instrument Bach spielte. Und es gab Tangounterricht.

Mit einem Fingerschnipsen beorderte Mrs. Schlickter die Debattierer ins Greifenzimmer.

Bei der Debatte war Audrey auf der Pro-Seite – Gebt grünes Licht –, und ihre Seite gewann. Aber ohne ihre Hilfe. Vor Leuten war sie immer gehemmt. Ihre Hände schwitzten. Ihr schlotterten die Knie. Trotzdem zwang sie sich, im Debattierclub zu bleiben. Sie fragte sich, was es sonst noch gab. Vielleicht würde es sich am Ende auszahlen. Und im Moment brachte es sie Hannah Micone nahe.

«Alles in allem waren die Genies eigentlich ziemlich nett», sagte Hannah.

Die Genies, die sich die Debatte angehört hatten, kürten die Sieger und blieben dann noch, um sich mit den Schülern zu unterhalten. Sie stellten Fragen zu den Statistiken, die die Debattierer benutzt hatten, sie sprachen holprig und übereifrig von großen Debatten, die sie erlebt oder an denen sie teilgenommen hatten. Es war ein unbeholfenes geselliges Beisammensein – High School-Debattierer und Genies – mit schnaubendem Gelächter und Leuten, die sich mit dem Ärmel die Nase abwischten, aber Hannah hatte Recht: Es war nett.

Während der Diskussion, die sich an die Debatte anschloss, fielen Audrey die farbigen Punkte auf. Alle Genies hatten ein «Hallo, mein Name ist ________»-Schild auf ihre Strickjacken, Flanellhemden oder Jackenaufschläge geklebt, und auf jedem Schild befand sich ein großer farbiger Punkt: grün, gelb, rot und bei einer nervösen Frau, deren kurzes, mit Schaumfestiger bearbeitetes Haar fast wie eine Igelfrisur aussah, sogar ein schwarzer Punkt.

«Hey, hier steht, was die ganzen Punkte bedeuten», sagte Hannah zu Audrey. Sie hatten sich während der Diskussion ins leere Foyer hinausgeschlichen. Hannah hatte Lust auf eine Zigarette gehabt und war auf den Parkplatz gegangen. Jetzt waren sie wieder drinnen, Hannah roch nach Tabak, und Audrey genoss den letzten Tabakduft, der noch vom Pullover ihrer Freundin und wohl auch von ihrem Haar ausging. Audrey war in Hannahs Gegenwart ein bisschen schwindlig, obwohl sie selbst keine Zigarette geraucht hatte. Hannah hatte ihr keine angeboten.

Hinter der Anmeldung hing eine große Liste. Die Überschrift lautete:

GRUNDREGELN DER FARBENLEHRE

Neben einem großen grünen Punkt stand:

«Grüner Punkt auf dem Namensschild:
Umarmung erlaubt. Jederzeit. Überall.»

Neben einem großen gelben Punkt:

«Vor der Umarmung bitte fragen.»

Neben einem roten Punkt:

«Keinerlei Umarmungen.»

Neben einem schwarzen Punkt:

«Umarmung nach Ankündigung möglich, wobei imponderable oder gar irrationale Reaktionsmodalitäten einzukalkulieren sind.»

«Genial», sagte Hannah.

In diesem Moment sahen sie, wie die Frau mit der Igelfrisur zusammen mit einem groß gewachsenen, bärtigen Genie in dunklem Anzug ins Foyer kam. Sie betraten einen offen stehenden Aufzug. Die Frau drückte einen Knopf für eins der oberen Stockwerke. Der Mann lächelte.

«Was ist höher», flüsterte Hannah, «ihre Zimmernummer oder ihr IQ?»

Als sich die Tür schloss, wirbelte die Frau herum und schob die Hände in die Hose des Mannes.

«O Gott», sagte Hannah, und sie und Audrey kicherten hinter vorgehaltenen Händen und wandten sich ab.

Am Abend, auf der Heimfahrt im Bus, versuchte Audrey, Hannah im Dunkeln zu küssen. Das erste Mal, dass sie das bei irgendwem probierte.

Sie saßen hinten. Hannah hatte einen Fensterplatz. Draußen im Regen standen Autos an einer Tankstelle.

«Noch drei Monate, bis ich meinen Führerschein kriege», sagte Hannah. «Die sollten besser anfangen, in der Arktis nach Öl zu bohren. Mann, ich will, *dass es endlich losgeht.*»

Drei Monate. Das hieß, dass sie zwei Monate älter war als Audrey.

«Die bohren bestimmt», sagte Audrey. «Meine Seite hat doch gewonnen, weißt du noch? An deinem Geburtstag gibt es jede Menge Benzin. Ich kauf dir ein paar Liter.»

«Ich *weiß*, wer gewonnen hat», sagte Hannah und schaute aus dem Fenster, das von ihrem Atem beschlug. «Ich war heute Abend einfach nicht mit dem Herzen dabei.»

Plötzlich warf sie sich nach vorn und vergrub das Gesicht in den Händen. Es war so dunkel, dass Audrey nicht erkennen konnte, was mit Hannah los war. Einen Augenblick dachte sie, dass Hannah vielleicht weinte. Oder, was wahrscheinlicher war, dass Hannah so *tat*, als würde sie weinen, dass sie sarkastisch war, und Audrey wusste, dass sie sich besser in Acht nahm.

Doch bevor sich Audrey eine passende Reaktion einfallen lassen konnte, blickte Hannah sie an. Sie hatte einen der großen grünen Namensschildpunkte auf der Stirn.

Dann schoss Hannahs rechte Hand vor und klatschte gegen Audreys Stirn. Hatte Hannah sie gehauen? Sie hauten sich ständig.

Audrey spürte etwas Klebriges über den Augen. Ein Punkt für sie.

«Rat mal, welche Farbe ich dir verpasst hab», flüsterte Hannah.

Audreys Hand fuhr nach oben, aber Hannah hielt sie fest. Die beiden Hände schwebten unnatürlich zwischen ihnen. Noch hier im Bus konnte Audrey den Tabak an Hannahs Fingern riechen. Ihre verschlungenen Arme glichen einem abgeknickten Ast, der sich zwischen ihnen verkeilt hatte. Audrey blickte sich rasch im Bus um: dunkel, vorn ein paar vereinzelte Schüler, die zusammengesunken schliefen oder beim Licht einer Taschenlampe lasen. Debattiertrottel. Sie spürte, wie ihre Hand zitterte. Hannah Micone rüttelte daran.

«Welche Farbe?», flüsterte Hannah.

Wenn Audrey in dem zersplitterten Licht von der Ladenzeile draußen ihren Augen trauen konnte, sah Hannah aus, als wäre ihr Gesicht voller Glitzerstaub. Aber das stimmte natürlich nicht. Audrey hoffte, dass sie so aussah, weil es das ankündigte, wonach sie sich seit Wochen sehnte. Sie konnte kaum atmen.

«Welche Farbe?», fragte Hannah.

Grün wäre zu offensichtlich. Und Rot war's nicht. Das ergäbe keinen Sinn. Gelb auch nicht.

«Schwarz», sagte Audrey mit rauer, brüchiger Stimme.

«Stimmt genau, du Genie», sagte Hannah. Das Glitzern tanzte noch deutlicher über Hannahs Haut, als hätte sie mit ihrem verschmitzten Lächeln die spiegelnde Asphaltnässe aus der Welt hinter den Fenstern in den Bus geholt, damit sie zwischen ihnen herumwirbelte.

In Hannahs Bann war Audrey wie gelähmt und wusste kaum noch, wo sie war. Doch plötzlich rief ihr der Geruch von verbranntem Tabak das Hotelfoyer und das Plakat ins Gedächtnis. Sie musste etwas sagen, etwas tun.

«Und», fragte sie, «welche Reaktionsmodalität?»

Hannah wirkte überrascht, dann lachte sie schulterzuckend und sagte: «Ach, *du* weißt es doch.»

Draußen ertönten mehrere Hupen. Der Bus ruckte und

blieb stehen, ruckte nochmal und fuhr weiter. Audrey fand die Orientierung wieder und holte tief Luft. Das war alles, was nötig war. Jetzt war sie von der absoluten Gewissheit erfüllt, dass jedes Beben und Rucken des Schulbusses, in dem sie und Hannah saßen, seinen Zweck hatte.

«Was, glaubst du, war die Reaktionsmodalität der Frau im Aufzug?», fragte Audrey. «Sie war die Einzige mit einem schwarzen Punkt auf dem Namensschild, die wir gesehen haben.»

«Sie war ein Genie», sagte Hannah. «Vielleicht hat sie in Gleichungen gesprochen.»

«Mathe ist die universelle Sprache», sagte Audrey. «Mathe und Liebe.»

«Ich kann Mathe nicht ausstehen», erwiderte Hannah.

«Ich noch weniger», sagte Audrey.

Und Audrey beugte sich hinüber, eine ruhige, geradezu gemessene Bewegung, die sie so dicht an Hannahs Lippen heranbrachte, dass sie ihren sanften, warmen Atem spürte, bevor Hannah zurückzuckte und «Hey!» sagte.

Es war nicht so laut, dass alle anderen es hörten. Eher war Audrey über Hannahs plötzliches Zurückschnellen erschrocken. Sie hatte das Gefühl, als würde sie fallen.

«O Gott», sagte Hannah. «Dachtest du ...?»

«Tut mir leid», sagte Audrey. Das war alles, was ihr einfiel, aber sie meinte es wirklich ernst.

«Hör mal», sagte Hannah, «ich bin bloß ... ich glaube, ich setz mich da drüben hin, damit ich mich ausstrecken kann.»

Audrey hätte am liebsten nochmal gesagt, dass es ihr leid tat, doch sie war sprachlos. Hannah war aufgestanden, schob Audreys Knie mit ihren Beinen beiseite und versuchte, in den Gang zu gelangen. Audrey rutschte zur Seite, damit Hannah vorbeikonnte.

Hannah saß ein paar Reihen weiter vorn, ganz allein, kehrte Audrey den Rücken zu und starrte mit düsterer Eindringlichkeit in die Nacht hinaus.

Audrey rutschte ans Fenster. Ihr war schwindlig vor Scham. Von der Wärme des Sitzes, den Hannah gerade verlassen hatte, wurde ihr fast übel, deshalb rutschte sie zurück und hockte sich auf die Kante ihres alten Sitzes, sodass sie halb in den Gang hinausragte.

Der Bus setzte sie an der High School ab. Hannah eilte davon, ohne sich umzusehen. Ihr Vater wartete im Kombi auf sie. Audrey ging die fünf Blocks bis nach Hause allein.

Nach dem Regen bildete sich jetzt Nebel, und die Straßenlaternen schufen riesige Kugeln aus erleuchtetem Dunst. Audrey hatte das Gefühl, als würde sie unsichtbar drunter hindurchwandeln, gerade außer Reichweite, verborgen. An einer Straßenecke hörte sie hinter einem feucht glänzenden Briefkasten ein Poltern und Knacken. Ein weißer dreibeiniger Hund stürzte hinter dem Briefkasten hervor, knurrte sie an und hoppelte in den Nebel davon. Ihr Herz raste. Sie berührte den schwarzen Punkt, der noch immer an ihrer Stirn klebte. Sie hatte nicht gewusst, wie verloren sie war, bevor sie den Punkt spürte, das Pochen ihres Herzens spürte und sich immer wieder «O Gott» murmeln hörte. Zuerst hörte sie es als Hannahs Ausruf, als diese die Frau mit dem Mann im Aufzug gesehen hatte, doch dann hörte sie es sich selbst sagen, verwirrt, verlegen, ein Endlosband. Sie musste sich tatsächlich laut den Befehl geben: «Geh!», damit sie sich vom Fleck rühren konnte.

Als Audrey schließlich zu ihrem Haus kam, sah sie all

die Autos. Sie hatte gehofft, sie könnte sich einfach im Dunkeln in ihr Zimmer schleichen und ins Bett kuscheln, aber sie hatte die Party vergessen. Im Haus war die Hölle los. Audrey ging zur Hintertür. Jemand sah sie im Licht der Außenlampe.

«Miss Audrey!», rief von drinnen eine Stimme, und die Tür flog auf.

Die Party war in vollem Gange. Die gesamte Truppe aus der *Philadelphia Story* war da. Die Schauspieler hatten die erste Probe des gesamten Stücks hinter sich. In der Küche waren gut und gern dreißig Leute, die bis in die Diele standen. Audreys Mutter war nirgends zu sehen.

«Audrey, du bist wohl unter die Hindus gegangen!», sagte ein groß gewachsener Mann namens Winston, der sein lockiges Haar in der Mitte gescheitelt trug und oft die Hauptrolle spielte. Diesmal spielte er Dexter. Er hatte eine blumige Sprechweise, und Audrey dachte, dass er gern seine Stimme benutzte. Ihre Mutter hatte es mal auf ihn abgesehen, aber er war verheiratet, und angeblich hatte er auch eine Affäre mit einer Arbeitskollegin. Er deutete mit dem Finger direkt auf Audreys Stirn. Ein halbes Dutzend Leute, die in der Nähe standen, betrachteten Audrey.

Der Punkt. Den hatte sie ganz vergessen. Sie wollte ihn abziehen, überlegte es sich dann aber anders. Schulterzuckend wandte sie sich von Winston ab. Sie hörte, wie er über eine Bemerkung lachte, die eine Frau neben ihm gemacht hatte.

Als Audrey zum Kühlschrank ging, roch sie den schwachen Marihuanaduft, der sich mit dem Geruch von Bier, Pizza und ein, zwei Zigaretten vermischte. Das war nichts Besonderes. Ab und zu kiffte Audreys Mutter.

«Ich weiß, es verstößt gegen das Gesetz», hatte sie mal gesagt, «und es gibt bessere Anlässe für zivilen Ungehorsam. Ich will auch nicht, dass du drogenabhängig wirst, aber manchmal muss ich mich einfach entspannen.»

Ihre Mutter hatte ihr zwar noch nie Gras angeboten, aber sie hatte auch nicht gesagt, dass sie keins rauchen dürfe. Es gelang ihrer Mutter, in diesem Punkt vage zu bleiben. Audrey verzichtete aus eigenen Stücken darauf.

Sie nickte den wenigen Theaterleuten zu, die sie von den anderen Aufführungen und Partys ihrer Mutter wiedererkannte. Aus Höflichkeit fragte sie, wie die Probe gelaufen sei. Alle sagten großartig, und ihre Mutter, die Liz Imbrie spielte, sei die Seele der Aufführung. An diesem Abend kam die Frau, die Tracy spielte (und die Freundin des Regisseurs war) erst spät von der Arbeit, und Audreys Mutter, das Buch in der Hand und, was niemanden überraschte, glänzend in Form, sprang in der ersten Szene für sie ein. Mehrere Leute sagten, es sei ihre Rolle, auch wenn sie schon ein bisschen alt sei, aber so sei das halt im Theater ... Audrey seufzte, lächelte wissend und entdeckte im Kühlschrank eine Dose Limonade.

Irgendwer hatte eine CD aufgelegt. Die Musik klang arabisch. Sie war schrill und näselnd, mit Trommeln, die im Hintergrund dröhnten. Einige Paare tanzten.

Während Audrey nach ihrer Mutter suchte, dachte sie, dass diese Laienschauspieler all die Umgangsformen besaßen, die den Genies fehlten. Überall gab es entspanntes Gelächter. Natürlich waren die Leute angekifft oder zugedröhnt, aber auch das gehörte dazu. Die Genies trafen sich wahrscheinlich nie privat, um eine Party zu feiern. Die Debattierer bestimmt auch nicht.

Die Debattierer. Sie dachte daran, wie Hannah mit ihrem Vater im Kombi weggefahren war, wie sie sich vorher im Bus von ihr weggesetzt hatte. Sie dachte an Hannahs Gelassenheit bei Debatten und an ihr eigenes Lampenfieber. Sie ertrug den Gedanken nicht, wie sie sich voller Hoffnung zu Hannah hinübergebeugt hatte.

Audrey stellte die Limonade hin und ging wieder zum Kühlschrank. Sie nahm sich ein Bier. Der Party den Rücken zugekehrt, kippte sie die ganze Dose hinunter. Sie hatte das Gefühl, als würde jemand ihre Nase mit Nadeln durchbohren. Sie schmeckte die Flüssigkeit kaum. So was hatte sie noch nie getan. Neben dem Kühlschrank stand eine Flasche Gin, und Audrey goss so viel wie möglich in ihre Limonadendose. Dann machte sie sich auf die Suche nach dem Ursprung des Grasgeruchs.

An der Kellertür standen zwei junge Leute, die abwechselnd an einem Joint zogen. Die beiden waren jünger als die meisten Leute aus der Theatertrupppe, eher in Audreys Alter.

Als Audrey fragte, ob sie auch an der Aufführung beteiligt seien, sagte das Mädchen: «Bühnentechnik.» Sie bot Audrey den Joint an, die überrascht war, dass sie den Rauch in der Lunge behalten konnte.

Das Mädchen streckte die Hand nach Audreys Limonade aus, und als sie einen Schluck trank, verdrehte sie die Augen und sagte: «Meine Fresse.»

Audrey zuckte mit den Schultern, zog nochmal an dem Joint, behielt den Rauch in der Lunge, nahm ihre Limonade wieder und bedankte sich bei den Bühnentechnikern. Es gefiel ihr, dass die beiden nicht nach dem Punkt gefragt hatten. Als sie sich abwandte, hatte sie das Gefühl, als würde sich das Haus allmählich dem Äquator zuneigen. Sie ging zwischen den Leuten hindurch. Der Lärm hatte sich gelegt. Es war, als wäre der Nebel von draußen hereingezogen.

Es waren die älteren Leute, die nach dem Punkt fragten. Sie würde ihnen erzählen, dass sie einer anderen Religion beigetreten sei. Eine grauhaarige Frau, die, soweit sich Audrey erinnern konnte, ebenfalls Audrey hieß, fragte, wo sie den ganzen Abend gewesen sei.

«Auf einer Genietagung», sagte Audrey.

Ein Mann mit einem Käsevorhang vom Mund bis zu seinem Pizzastück bekam ihre Worte mit und sagte durch die zusammengebissenen Zähne: «Toll für dich», aber es klang eher wie «Teufel ich», und Audrey schlich sich davon. Niemand schien zu merken, wie ihr zumute war. Das war gut.

Audrey machte in der Diele ein Menschenknäuel aus, also ging sie in diese Richtung. Dort fand sie ihre Mutter, die auf der Treppe Hof hielt. Einige Leute aus der Theatertruppe saßen auf den Stufen, ein paar andere auf den Armlehnen des Sofas oder den Stühlen im Wohnzimmer, um ihr zuhören zu können. Einen Augenblick später merkte Audrey, dass es, abgesehen von ein paar Frauen, hauptsächlich Männer waren. Alle lächelten und amüsierten sich.

Ihre Mutter war mitten in einer Geschichte und bemerkte nicht mal, dass Audrey hereinschlüpfte. Audrey lehnte sich an die Wand und glitt auf den Fußboden. Ihre Jacke knisterte faszinierend, als sie sich an der Tapete rieb.

«Was das Fass zum Überlaufen brachte», sagte ihre Mutter gerade zu ihrem Publikum, «war der Kleiderbügel.»

Allgemeines Gelächter erhob sich, es war als Ansporn für Audreys Mutter gemeint.

«Die schlimmsten Hochzeitsgeschichten», sagte eine Frau neben Audrey. «Die haben wir bei den Proben erzählt. In dem Stück geht's um eine Hochzeit.»

Das weiß ich, hätte Audrey am liebsten gesagt, aber die Frau hatte sie nicht mal angesehen. Sie hatte es ihr bloß in Gangstermanier aus dem Mundwinkel zugeraunt.

«Es reichte also noch nicht», sagte Audreys Mutter, «dass ich für mein Brautjungfernkleid vierhundert Dollar ausgegeben hatte – und das war damals viel Geld –, ich musste auch noch zweihundert Dollar für ein Kleid fürs Familienessen hinblättern. Ein *Kleid fürs Familienessen?* Ich bitte euch.»

Audreys Mutter warf den Kopf zurück und holte tief Luft. Der Drink, den sie in der Hand hatte – in einem großen kübelförmigen Glas – schwebte vor ihr. Sie senkte den Kopf und nahm einen Schluck von der bernsteingelben Flüssigkeit, während sie mit der anderen Hand herumfuchtelte, um zu zeigen, wie begierig sie war, die Geschichte weiterzuerzählen.

«Na los, Mädchen», rief die Frau neben Audrey.

Audreys Mutter zerbiss einen Eiswürfel. Dann legte sie wieder los: «Irgendwann sagt die Braut – deren Name ungenannt bleiben soll – doch tatsächlich zu mir: ‹Ist das nicht herrlich? Ich bin die Braut, und du musst das ganze Wochenende *tun, was ich will.*›»

«Oh-ooh», sagte irgendwer aus dem Publikum.

«Ganz genau», sagte Audreys Mutter.

Die Leute lachten und setzten sich auf der Treppe und dem Fußboden anders hin. Aus der Küche waren noch ein paar Leute dazugekommen. Audrey hatte das Gefühl, dass sie die Geschichte schon kannte.

Ihre Mutter erzählte weiter: «So, Schwenk auf mich, wie ich bei dem Familienessen einen Toast ausbringe. Ich erzähle vom Brautpaar und meiner Freundschaft mit Megan – deren Name ungenannt bleiben soll –, von Liebe, Hingabe *und Lust* – ja, meine Lieben, auch von der Lust –, und der Toast treibt den ganzen Gästebetreuern, den beiden Brüdern der Braut, ihren Eltern und allen Onkeln und Tanten die Tränen in die Augen.

Und beim Reden sehe ich den Bräutigam an, doch er wirkt seltsam *ungerührt*. Und da frage ich mich: ‹Ist er etwa schwul?› Ich weiß nicht mal, ob wir damals ‹schwul› gesagt haben. Vielleicht denke ich auch: ‹Ist er ein Homo?› Ein Ausdruck von damals, Kinder. Denn bei attraktiven Männern frage ich mich immer als Erstes: ‹Ist er schwul?›»

«Immer mit der Ruhe», sagte eine Männerstimme.

«Ich weiß. Ich weiß. Das ist zum Kotzen», sagte Audreys Mutter nickend und nahm sich noch einen Drink. Audrey fand, dass ihre Mutter wie eine Alleinunterhalterin auftrat. Das hatte sie noch nie erlebt. Ihre Mutter, die das Publikum einbezog. Weil das etwas ganz Neues für sie war, war Audrey plötzlich konzentriert. Alles klang für sie furchtbar schrill.

«Aber ich hab da ein Problem. Nennt es ruhig ... keine Ahnung ...»

«Bigotterie?», rief ein anderer Mann.

«Nein, nein ... *bitte*», sagte Audreys Mutter. «Kommt schon, ich habe nichts gegen Schwule. *Mein* Problem sind die Heteros.»

Die Leute lachten. Audrey hörte, wie die Frau neben ihr

dem Typen auf ihrer anderen Seite zuflüsterte: «Sie hat Winston für schwul gehalten.» Der Mann blinzelte. Es war der Kerl, der «Immer mit der Ruhe» gesagt hatte. Er sagte es nochmal, diesmal aber im Flüsterton.

«Außerdem ist das nicht die Pointe der Geschichte. Ich bin nicht die Pointe dieser Geschichte.»

«Wer denn?»

Da sagte Audreys Mutter mit unheilsschwangerer Stimme: *«Brautzilla!»*

Im Raum brach Gejohle aus.

Audrey konnte es kaum glauben. Ihre Mutter erzählte die Geschichte so, als hätte sich das Ganze vor langer Zeit abgespielt, als sie noch ein Kind oder nicht viel älter als zwanzig war.

Aber die Sache war erst ein Jahr her.

Audrey konnte sich noch erinnern, wie ihre Mutter nach Hause gekommen war und wegen der Hochzeit weinend auf dieser Treppe gesessen hatte. Dass sie lange geweint hatte.

Den Namen – Brautzilla – hatte Audrey sich damals einfallen lassen, und ihre Mutter hatte tatsächlich ein bisschen gelacht. Aber jetzt schob ihre Mutter alles zeitlich nach hinten und legte sich etwas für ihr Publikum zurecht, damit sie in der Geschichte kaum älter als Audrey war. Eine Geschichte aus ihrer vergeudeten Jugend, wie sie gern sagte. *Ich weiß nicht mal, ob wir damals «schwul» gesagt haben.* Audrey dachte: *Was soll das bloß?*

Die Leute beruhigten sich wieder. Irgendwer hatte den CD-Spieler ausgeschaltet. Die übrigen Gäste waren aus der Küche gekommen. Audreys Mutter hatte jetzt die ganze Party als Publikum.

«Also. Okay. Die Hochzeit geht weiter, und Brautzilla ist unausstehlich zu mir. ‹Tu dies, Bridget›, ‹Tu das, Bridget.› Und ich tue auch alles, schließlich bin ich die Brautjungfer, und es ist ihre Hochzeit, stimmt's? Brautzilla hat mich in ihrer Gewalt. Aber als die Leute während des Empfangs tanzen, wird es noch schlimmer. Sie tanzt an meinem Tisch vorbei, und ich sitze da – allein und unbeachtet, danke; wo sind eigentlich die Gästebetreuer, wenn man sie braucht? –, wie gesagt, ich sitze allein da und bin schon ein bisschen betrunken, und sie kommt vorbeigetanzt, stürzt auf mich zu, packt mich am Handgelenk und zerrt mich auf die Tanzfläche. Sie tanzt gerade mit einem Cousin oder einem Onkel oder irgendwem. Und ich denke: ‹Ah, endlich ein bisschen Spaß.› Aber sie stößt mich bloß zu Boden, schnipst mit dem Finger und deutet auf ihren Schuh. Schnips. Schnips. Deut. Deut. Also gucke ich hin. Ihr Schuh ist aufgegangen. ‹Mach ihn zu. Na los›, faucht sie immer noch tanzend. Und, Gott steh mir bei, ich gehe auf die Knie und versuche, ihn zuzumachen. Aber ich muss ständig sagen: ‹Megan, halt doch bitte mal still.› Denn *sie hört nicht auf zu tanzen.* ‹Mach ihn zu, Bridget. *Mach endlich den verdammten Riemen zu!* Los. Beeil dich›, sagt sie, ‹dieser Song ist einfach zu gut.›»

Die Leute ringsum stöhnten oder klatschten kurz Beifall.

«So war ich damals», sagte Audreys Mutter. «Jung und naiv.»

Audreys Mutter strahlte, weil sie im Mittelpunkt der Aufmerksamkeit stand, und die Anwesenden schienen ihr diesen Augenblick gern zu gewähren, denn auf dieser Party wurde Aufmerksamkeit großzügig verteilt.

Audrey musste an die Genies denken. Sie fragte sich, wo sie jetzt waren. In ihren Häusern. Kratzten sich. Inhalierten ihre Asthmaarznei. Schufteten in ihren Hobbykellern oder hockten vorm Computer in ihrem Arbeitszimmer, oder sie lagen im Bett und stöberten in den seltsamen Wissensspeichern in ihren Gehirnen.

Audrey versuchte sich vorzustellen, wie ihre Mutter auf der Genietagung eine derartige Rede schwang. In einem eigenen Tagungsraum, vielleicht Auge in Auge mit dem Debattierclub: «Brautzilla gegen die Superhirne». Was hätten die Genies wohl dazu gesagt? Was hätte Hannah gesagt? Es war verrückt, aber Audrey wünschte sich, sie würde jetzt neben Hannah sitzen. So wie Hannah vor der Busfahrt war. Wie sie beide vor der Busfahrt waren. Bloß um Gesellschaft zu haben. Um auf dieser wunderbaren Party, über die ihre Mutter herrschte, mit jemandem zusammenzusein. Bloß um ein bisschen davon zu spüren, was sie inmitten der Genies neben Hannah gespürt hatte.

Audreys Mutter war noch nicht fertig. Natürlich nicht. Audrey stellte fest, dass die Geschichte ihrer Mutter sie irgendwie davor bewahrte, zu sehr an den Vorfall im Bus zu denken, an das, was am Montag in der Schule passieren könnte. Dafür war sie ihrer Mutter dankbar. In diesem Moment hätte sie die Arme ausstrecken und ihre Mutter umarmen können, aber sie war so angesäuselt, dass sie sich nicht vom Fleck rühren konnte.

Dann wurde die Geschichte spannend.

Ihre Mutter verließ jetzt den Empfang. Sie war im Hotel nach oben gegangen, um ihre Sachen zusammenzusuchen. Die Braut war schon oben und packte.

«Da stelle ich fest, dass vermutlich irgendwer vom Personal, während ich unten auf der Tanzfläche Schuhe zugemacht habe, in meinem Zimmer aufgeräumt und meine Kleiderbügel und beide Kleidersäcke mitgenommen hat. Sie sind nirgends zu finden. Ich gehe in den Raum zwischen meinem und Megans Zimmer, und da sehe ich auf dem Sofa eine Jeansjacke auf einem Plastikkleiderbügel liegen. Und ich sage mir, es ist okay, wenn ich den Kleiderbügel nehme. Meine gesamte Sechshundert-Dollar-Garderobe kommt auf einen einzigen beschissenen kleinen Kleiderbügel. Ich falte die Jeansjacke ordentlich zusammen und lege sie aufs Sofa, und plötzlich kommt Megan rein und fragt: ‹Wo ist mein Plastikkleiderbügel?› Also sage ich, ich hab ihn mir für meine Kleider geliehen, weil das Personal meinen mitgenommen hat, und sie sagt: ‹Wenn ich gehe, brauche ich den für meine Jeansjacke.› Und ich erwidere: ‹Ach? Den *brauchst* du? Einen ganzen Kleiderbügel? Für eine *Jeansjacke?*› Und sie sagt: ‹Ja›, als wäre das Ganze völlig uninteressant. Nicht etwa: ‹Das ist echt bescheuert, dass das Personal deine Kleiderbügel mitgenommen hat. Hier, nimm meinen.› Ganz und gar nicht. Also gebe ich ihr den Kleiderbügel zurück und sage, dass ich mir dann einen aus dem Wandschrank nehmen muss. Aber sie sagt: ‹Das geht nicht.› Und ich sage: ‹Warum denn nicht? Ich meine, immerhin hat sich das Hotel zuerst meine Kleiderbügel angeeignet.› Da erwidert sie, als hätte sie meine Worte gar nicht registriert: ‹Weil sie mir das *auf die Rechnung setzen.*›

Also bin ich einfach gegangen. Ich bin rausgegangen. Nein, ich bin raus*gestürmt*. Ich bin zum Swimmingpool runtergegangen, wo die ganzen Brautjungfern saßen, und bin ausgerastet. Ich hab mit Handtüchern um mich geworfen. Ich hab gesagt, dass ich Megan umbringe. Dass ich noch nie so ein Miststück erlebt hätte. Ich hab gesagt, sie hat alles: die Hochzeit, den Mann, die Flitterwochen in Paris, die Küchenmaschine, das *Kanu* – seine Eltern hatten ihnen ein handgefertigtes Scheiß-Birkenrindenkanu geschenkt, für den Fall, dass sie mal in das Seehaus in den Adirondacks kämen – und ich wollte bloß zwei verdammte Kleiderbügel haben, für die beiden Kleider, die ich mir nicht mal leisten konnte.»

Audreys Mutter schnappte sich von einem der Männer, die zu ihren Füßen saßen, eine brennende Zigarette. Sie nahm einen raschen, tiefen Zug, gab die Zigarette zurück, redete weiter, und bei dem Wortschwall strömte ihr der Rauch aus dem Mund.

«Ich schlage auf die Liegestühle ein, ich heule. Ich fluche. Ich tobe in meinem schulterfreien Brautjungfernkleid ums Schwimmbecken herum. Und alle wissen, was los ist. Sie wissen, was für ein Miststück Megan das ganze Wochenende war. Alle wissen, dass sie sich unmöglich benommen hat. Die Hälfte von ihnen versucht mich zu beruhigen. Die Übrigen sagen: ‹Uuuh, kommt mal her und seht euch Bridgets *Rückenmuskeln* an!› Meine Rückenmuskeln! Ich war wohl so wütend, dass meine Muskeln angespannt waren. Ich hatte so eine Wut, dass es die reinste Turnübung war.

Zu guter Letzt sage ich, ich muss rauf ins Zimmer, damit ich den Zug in die Stadt noch erwische. ‹Mach keine Dummheiten, Bridget›, sagen meine Freundinnen. ‹Mach keine Dummheiten.› ‹Nein. Mach ich nicht›, sage ich.

Hab ich auch nicht gemacht. Überhaupt nicht. Denn ... Brautzilla ist nicht da. Alles ist ruhig. Das Ungeheuer ist nicht mehr da. Ich ziehe mich um und schaue aus dem

Fenster und sehe, wie sie aufbrechen. Irgendeine verdammte Neunjährige fängt den Blumenstrauß. Dann laufen Megan und ihr vermutlich schwuler Auserwählter durch den fliegenden Reis. Und weg sind sie. Ihr wisst schon: Blechdosen und Schuhe an der Limousine befestigt, das verfluchte Birkenkanu auf dem Dach. Auf Wiedersehen.

Und ich stehe am Fenster, meine Kleider in der Hand. Alle beide. Auf einem Drahtkleiderbügel, den ich beim Bräutigam aus dem Abfall gefischt habe. Dazu noch die Plastikhülle aus der chemischen Reinigung, die die Kleider nur zur Hälfte bedeckt. Also gehe ich und halte meine Kleider praktisch über Kopfhöhe, damit sie nicht schmutzig werden. Ich verabschiede mich von keinem. Ich steige bloß in ein Taxi und fahre.»

Sie nahm sich von dem Mann, der zu ihren Füßen saß, wieder die Zigarette und betrachtete mit zusammengekniffenen Augen ihr Publikum. Niemand rührte sich. Diesmal gingen sie davon aus, dass die Geschichte noch nicht zu Ende war.

Plötzlich fiel der Blick ihrer Mutter auf Audrey. Da war ein kurzes Zucken in ihrem Blick. Audrey wusste es. Aber ihre Mutter ließ sich nichts anmerken.

Sie gab dem Mann die Zigarette zurück, wirbelte herum, stieg, immer zwei Stufen auf einmal nehmend, die Treppe hinauf und streckte, oben angekommen, den Arm um die Ecke. Sie blieb so stehen, dass alle sie von unten sehen konnten. Mit der freien Hand drückte sie auf den Lichtschalter, damit sie auf dem Treppenabsatz beleuchtet war. Den anderen Arm hatte sie immer noch ausgestreckt. Audrey wusste, dass die Hand ihrer Mutter in dem Wandschrank steckte, der sich dort oben befand.

«Ich hab ihn aufbewahrt», sagte Audreys Mutter zu den Leuten unten. «Die ganzen Jahre habe ich ihn aufbewahrt. Und hier ist er.» Sie zog die Hand hervor und brachte einen schlichten Drahtkleiderbügel zum Vorschein.

Audrey war sich sicher, dass keiner der Theaterleute im ganzen Haus auch nur einen Augenblick glaubte, es sei der echte Kleiderbügel. Aber es war allen egal.

Während Audreys Mutter die Treppe herunterstieg, hielt sie den Drahtkleiderbügel vor sich. Sie hielt ihn, als wäre es ein juwelenbesetztes Zepter, Symbol der Herrschaft über ein Königreich.

«Ich bewahre diesen Drahtkleiderbügel auf, damit er mich, falls ich je wieder heirate, falls ich je wieder in diese Lage komme und mein Hochzeitstag ist, daran erinnert, dass ich sie nie und nimmer vergessen werde ... *Brautzilla!*»

Das ganze Haus brach in Beifall aus. Der Mann, dessen Zigarette sich Audreys Mutter geliehen hatte, sprang auf und warf, die Zigarette zwischen den Zähnen, die Faust in die Luft.

«Die beste!», rief er, den Lärm übertönend. «Die beste schlimme Hochzeitsgeschichte!»

Aber Audreys Mutter beachtete ihn nicht. Endlich sah sie ihre Tochter direkt an. Ihre Tochter mit dem Punkt auf der Stirn, den ihre Mutter bestimmt seltsam gefunden hatte. Ihre Tochter, die inmitten der überschwänglichen, jubelnd Beifall klatschenden Theaterleute saß. Ihre Tochter, die bekifft, angesäuselt und zugleich klar im Kopf war, die am liebsten geweint hätte und es später vermutlich auch tun würde, in ihrem Zimmer, allein, die halbe Nacht lang. Und vielleicht lag es an dem Beifall, dem Joint oder der

Verwirrung, die sie offenbar schon lange empfand, aber plötzlich sah sich Audrey dort oben, wo ihre Mutter stand. Oder, um genauer zu sein, irgendwo auf einer Bühne, mit Mikrofon und Scheinwerferlicht. Genau das sah sie. Vor Publikum würde sie sich wohl fühlen. Es würden viele Leute da sein, vielleicht ausschließlich Frauen, wissend, cool, witzig, und alle brannten darauf, dass sie eine Geschichte erzählte. Sie würde ins Scheinwerferlicht treten, sich einen schwarzen Punkt auf die Stirn kleben und damit anfangen, dass alles mit der Genietagung in dem Holiday Inn im Nachbarbezirk begonnen habe. Ein erwartungsvolles Raunen würde durchs Publikum gehen, und alle würden sie anfeuern.

WELTLICHES STREBEN

Am Tag ihrer Ankunft war Chester gerade mit Roy Greaves' LeMans beschäftigt. Als er sah, wie der Kleinbus seines Onkels Davitt hielt, und hörte, wie die beiden Türen zuschlugen, unterbrach er die Arbeit. Auf der Beifahrerseite stand ein junges Mädchen. Sie hielt die Hand schützend vor die Stirn und blinzelte in die Sonne. Sie blickte den Hügel hinauf zu Roy und Chester. Ihre andere Hand lag vor ihrem Bauch. Über ihren braun gebrannten Unterarm lugte der graue Kopf eines winzigen Kätzchens.

«Wen hast du da mitgebracht, Reverend?», brüllte Roy nach unten.

«Meine Frau», rief Davitt.

Chester starrte hinunter und rührte sich nicht; Roy murmelte: «Meine Fresse», während Davitt und das Mädchen in Davitts Wohnwagen stiegen. Die Fliegentür knallte zu.

Roy sagte zu Chester: «Wusstest du das?»

Chester schüttelte den Kopf.

«Also, ich geh mal runter. Seh sie mir genauer an», sagte Roy. Halb ging und halb rutschte er auf der losen Erde den Hügel hinunter.

Chester starrte den weißen Wohnwagen seines Onkels an, dessen Farbe langsam abblätterte. Obwohl ein leichter Wind durch die Sumpfeichen strich, hörte er, wie seine Lunge rasselte. Davitt musste das Mädchen bei einer der Versammlungen am Fluss unter seinen Schäfchen entdeckt haben. Sie war bestimmt schwer zu übersehen gewesen: ihr dunkles Haar, ihre großen schwarzen Augen, ihre augenscheinliche Geschmeidigkeit.

Die Fliegentür schlug wieder zu. Roy kraxelte wieder den Hang herauf.

«Sie heißt Moon», sagte Roy oben. «Ihr richtiger Name ist Mona. Sie stammt aus den Bergen.»

Chester wandte sich wieder dem LeMans zu. Er sah sich nach einem Trichter um. Sie mussten das Öl wechseln.

«Ein ziemlich junges Ding hat dein Onkel da, Chet», sagte Roy, als er wieder unter den Wagen kroch. «Sechzehn Jahre alt.»

Roy werkelte unter dem Auto herum. Von dort unten sagte er:

«Wie ich das sehe, hatte Davitt zwei Möglichkeiten, sie legal mit nach Hause zu nehmen. Er konnte sie adoptieren oder heiraten. Und bei *der* war es keine Frage, was mehr Spaß machen würde.»

Wenig später waren unten vor dem Wohnwagen kleine Explosionen zu hören. Knallfrösche hüpften und schossen durch die Luft. Das Mädchen stand auf der Treppe, hielt das Kätzchen schützend in den Armen und lachte. Als die Knallerei aufhörte, setzte sie das Tier auf den Boden und winkte. Das Kätzchen schlug nach den kleinen grauen Knallfroschfetzen, die über den stoppeligen Platz wehten.

«Das ist das Hochzeitsgeschenk von meinem kleinen

Bruder. Das hier auch», rief sie und deutete auf das Kätzchen.

Davitt trat aus der Tür, und das Mädchen umschlang seinen Arm. Er stellte sich auf die Stufen und blickte zu Chester herauf. Roys Hacken gruben sich in die Erde, und er schob sich tiefer unter den Pontiac. Das Mädchen schlang das Bein um Davitts Knie. Das Kätzchen sprang wieder die Stufen hinauf und wirbelte um ihre Füße herum. Über den Hang mit dem kümmerlichen Gras und die bröckelige rote Erde hinweg, die oben, wo die Bergbaugesellschaft den Hügelkamm gerodet hatte, von der alten Halde herabkroch und das Grundstück zerfraß, starrten sich Davitt und Chester an.

Das Mädchen schaukelte ein bisschen und rieb sich an Davitt. Sie sah, dass er Chester oben auf dem Hügel anschaute. Lächelnd blickte sie in dieselbe Richtung.

«Gratuliere», brüllte Chester. «Euch beiden.»

Das war im Frühling gewesen.

Chesters alte 45-er Automatik feuerte, und die vierzehnte Flasche Stroh's verschwand vom Angesicht der Erde. Chester zielte wieder, aber bevor er abdrückte, hörte er ein Kratzen. Diesmal hatte er eine Pabst-Dose im Visier, die im heißen Juliwind zu wackeln begann.

Die Luft strömte in ihn hinein und suchte nach einem Ausweg.

Chester hielt den Atem an, hatte den Finger am Abzug, und als er abdrückte, schien er Davitts predigende Stimme rechts neben sich zu hören. Sie war so laut und fest, als würde Davitt direkt neben Chester stehen und ihm ins Ohr brüllen.

Chester drückte ab und die Pistole zuckte nach oben. Fetzen von Platanenblättern wirbelten durch die Luft.

Obwohl ihm vom Knall der Pistole die Ohren klangen, hörte Chester Musik und eine zweite Stimme.

«Schätzchen, was machst du denn? Das ist aber kein Zielschießen.»

«Halt die Klappe, DonnaMae», murmelte Chester so leise, dass sie es nicht hören konnte.

DonnaMaes sprudelnde Stimme ertönte durch die Mischung aus CB-Funk und Texas Swing, die sie im Radio des Lieferwagens gefunden hatte. Bei der Sendersuche hatte sie kurz eine von Davitts Radiopredigten hereinbekommen.

Jetzt saß sie seitwärts auf dem Vordersitz, ließ die bestrumpften Füße aus der Tür baumeln und versuchte, eine verbeulte Coca Cola-Dose wieder zurechtzubiegen.

«Ich schoß eine Kugel in die Luft», sagte sie in einem Singsang. «Wo sie landete, weiß ich nicht ...»

«Halt die Klappe, ja?», sagte Chester. «Los. Lass uns verdammt nochmal fahren.»

«Wa-as?», fragte DonnaMae.

Er entlud die Pistole, überprüfte das Patronenlager und schob die Waffe unter den Sitz. Sie stiegen in den Lieferwagen und verließen die Müllkippe.

DonnaMae sagte zu Chester, sie könne es nicht ausstehen, wenn ihr jemand sage, dass sie die Klappe halten soll, und noch weniger könne sie es ausstehen, wenn jemand fluche. Er sagte, es tue ihm leid. Sie legte eine Billy Joel-Kassette ein, und Chester machte ein Bier auf, das sie sich teilten – ein Friedenssignal zwischen ihnen. Sie kamen wieder auf die Hauptstraße.

Als Chester am Café gehalten hatte, um sie nach der Arbeit abzuholen, hatte er festgestellt, dass DonnaMae schon mit einem der anderen Mädchen gefahren war.

«Hat gesagt, sie fühlt sich nicht wohl», sagte Peggy Lockly und beugte sich vertraulich über die Kasse. «Du weißt schon.»

«Was hat sie denn?», fragte Chester.

Peggy zwinkerte.

«Na ja, sie hat, was jede Frau ein Viertel ihres Lebens hat, Chetty», sagte sie.

«Oh», sagte Chester.

Aber Peggy sprang auf seine Verwirrung an: «Also, ich dachte, heutzutage würden Paare über so was reden. Muss ich dir erklären, was es mit der Regel auf sich hat, Chetty-Boy?» Sie kicherte.

«Hör auf damit.» Chester wandte sich zum Gehen.

Peggy gackerte an der Kasse und rief Chester nach: «Schätzchen, in meinem Alter hab ich damit längst keine Probleme mehr!»

Chester fuhr wütend nach Hause, denn er wusste, Peggy würde es ihrem Mann Bushnell erzählen, und irgendwann würde Bush Chester auf dem Bergwerksparkplatz oder im Badehaus nach der Zeit fragen, und wenn Chester dann auf seine Armbanduhr schaute, würde Bush sagen: «Nee, ich hab die Zeit des *Monats* gemeint!» Und schon bald würde die ganze Schicht die Geschichte kennen.

In der heißen Mittagssonne kam Moon barfuß vom Briefkasten herauf.

Sie schlenderte zu Chester herüber, der im Schatten neben seinem Wohnwagen seinen Pick-up wachste.

«Ein Brief von deiner Frau in Kalifornien», sagte sie und gab ihm einen Umschlag.

«Ist nicht meine Frau», sagte Chester. «Nicht mehr.» Er trug weiter Wachs auf und wischte in Schleifen und Wirbeln über den Kotflügel des Lieferwagens. Moon legte den Umschlag auf die Motorhaube.

«Brauchst mir nichts zu erklären», sagte sie und drehte sich einmal um die eigene Achse, wobei sie mit der nackten Ferse ein kleines Loch in die Erde bohrte. «Davitt hat mir alles erzählt.»

Sie sagte, Davitt sei nicht da, er fahre Taxi oder bekehre irgendwen. Sie rief nach ihrem Kätzchen, das unten im Garten war.

Davitt war Prediger, aber seinen Lebensunterhalt verdiente er mit Taxifahren. Er hatte einen Lieferwagen gekauft, ihn aber vor Jahren, nachdem ein Einsturz in der Spencer Number Four-Zeche sein linkes Bein zerquetscht hatte, in einen Kleinbus umgebaut. Er musste den Kohlenbergbau aufgeben und sich eine andere Arbeit suchen. Seit die Regierung beschlossen hatte, dass die Fahrt zum Lebensmittelgeschäft oder zum Arzt von der Fürsorge bezahlt wurde, hatten sich Taxiunternehmen zu einer guten Existenzgrundlage entwickelt. Davitt konnte acht oder zehn Dollar für die paar Kilometer zur Klinik oder zum Einkaufszentrum verlangen, denn er wusste, dass der Staat die Rechnung bezahlte.

Das Kätzchen weigerte sich zu kommen. Es war ziemlich gewachsen, seit Chester es zum ersten Mal in Moons Armen gesehen hatte. Moon hatte es Illinois Central getauft, denn ihr Bruder hatte es – wie sie sagte – neben einem Kohlenwaggon mit dieser Aufschrift gefunden.

Sie sang ein paar Takte eines Kirchenlieds und betrachtete auf der polierten Seite des Lieferwagens ihr Spiegelbild. Chester fand, dass ihre Beine ein bisschen zu dünn waren. Sie hatte lange, gerade Augenbrauen; sie hatte kräftige Brüste und eine winzige Spalte im Kinn. Wenn Davitt nicht da war, kaute sie ständig Kaugummi, und wenn sie es im Mund auf eine Seite schob, bildete sich ein kleines Grübchen, das beim Kauen wieder verschwand.

«Weißt du», sagte sie, «ich überleg, ob ich aus Davitts Kirche austreten soll.»

«Als Frau des Predigers?», sagte Chester. Schnaubend schlug er mit dem Lappen nach dem Lieferwagen.

«Du bist auch ausgetreten, Mister Predigerneffe.»

«Bin gar nicht erst beigetreten», erwiderte Chester.

«Tja, ich eigentlich auch nicht», sagte Moon.

«Wird Davitt da nicht wütend?»

«Verdammt, Davitt findet immer einen Grund, wütend zu sein, egal ob ich aus seiner Kirche austrete oder nicht.»

«Kann ich mir vorstellen.»

«Kannst du dir vorstellen? Du kennst ihn doch. Du wohnst schon länger bei ihm als ich.»

«Ich hab bloß in seiner Nähe gewohnt», sagte Chester. «Mehr nicht.»

«Das reicht», sagte Moon.

Derselbe Einsturz, der Davitts Bein zerquetscht hatte, hatte seinem älteren Bruder, Chesters Vater, den Tod gebracht. Chesters Mutter war vor zwölfeinhalb Jahren an Lungenkrebs gestorben. Deshalb hatte Chester direkt nach dem Unfall alles hinter sich gelassen und war zu den Marines gegangen. Da war er siebzehn gewesen. Als er zurückkam, waren er und Davitt die beiden einzigen

McAlpins, die noch auf dem Familienbesitz lebten, bis Davitt Moon heiratete.

Das Mädchen machte vier Schritte, Hacke-Spitze-Hacke-Spitze, als würde sie irgendwas ausmessen. Illinois Central kam heraufgetrottet. Er hatte ein totes graues Vögelchen im Maul, das er vor Chesters Fuß fallen ließ.

«Davitt hat gesagt, dass du vom ersten Tag an ein Sünder warst, Chester McAlpin.»

«Echt?»

«Ja. Und er muss es wissen.»

Chester musterte sie, während er den Lappen in die Wachsdose tunkte. Er bückte sich nochmal und stieß den Vogel mit dem Stiefel unter den Lieferwagen, damit Moon ihn nicht sah.

Sie deutete auf den Hügelkamm und folgte mit der Hand seinen Konturen.

«Die verdammten Berge sind voller Kohle», sagte sie. Sie nahm Illinois Central hoch. Chester polierte den hinteren Teil des Lieferwagens. Moon setzte sich auf die offene Heckklappe. Sie wippte, und die Stoßdämpfer quietschten.

«Hat er dich schon mal geschlagen?», fragte sie.

Chester hörte auf zu reiben. Vielleicht redete sie mit der Katze. Chester blickte auf. Nein, sie redete mit ihm.

«Hat er dich geschlagen?», fragte Chester.

«Ich hab *dich* gefragt», sagte sie.

Chester schüttelte den Kopf und polierte wieder den langen Chromstreifen, der die ganze Karosserie entlanglief. Moon hüpfte von der Heckklappe. Sie betrachtete Chester, der vorgebeugt dastand und rieb.

«Du warst wahrscheinlich zu groß», sagte Moon. Dann berührte sie seinen Arm.

«Mich schlägt er nämlich», sagte sie. Plötzlich stand sie ganz nah bei Chester. Wie hatte sie es fertig gebracht, sich so schnell, so lautlos zu bewegen? In der Hitze wand sich ihre Stimme in Spiralen um seinen Kopf.

«Glaubst du mir?», fragte sie. Sie hatte die Augen weit aufgerissen.

Chester richtete sich auf und blinzelte sie an.

«Hey», sagte sie und ließ Illinois Central aus ihren Armen springen. «Zeig mal das Bild von deinem Baby in Kalifornien.»

Sie deutete auf den Umschlag, den sie vom Briefkasten heraufgebracht hatte. Chester rührte sich nicht. Beide betrachteten das weiße Papierrechteck auf der rot lackierten Motorhaube. Chester dachte, dass irgendwo unter dem Lieferwagen der tote Vogel lag.

«Sie schickt dir jedes Jahr ein Bild. Das weiß ich», sagte Moon.

«Ist mir egal, ob du das weißt», erwiderte Chester.

«Jedes Jahr», sagte sie. «Davitt hat mir alles erzählt. Kein Absender. Bloß ein Bild. Davitt hat's mir erzählt.»

«Du glaubst wohl, du weißt alles?», sagte Chester.

Moon nickte. «Alles», sagte sie. Mit dem Finger zog sie eine Linie durch einen Wirbel getrocknetes Wachs.

Chesters Hand schoss auf ihr Gesicht zu. Seine Finger griffen ihren Kiefer. Sein Daumen grub sich in ihren Hals. Sie schnappte nach Luft, ließ den Mund offen und zeigte ihm, wie sich ihre Zunge hinter dem Gitter seiner Finger bewegte. Ansonsten hielt sie ganz still.

Als Chester zu sich kam, war er über der Erde. Am Geruch erkannte er, dass er sich im Sanitätszimmer der Gesellschaft neben dem Badehaus befand. Ohne nachzusehen, wusste er, dass er noch seinen durchnässten kohlenschwarzen Overall anhatte und flach auf dem Rücken auf einem Tisch lag. Sein rechter Arm pochte. Die grellen Neonröhren, die von der Decke strahlten, ließen ihn zusammenzucken und blinzeln. Über seinem Gesicht schwebte eine riesige schwarze Hand.

«Kannst von Glück sagen, dass ich dich schreien gehört hab, Kumpel. Dein Arsch wär fast in ewiger Dunkelheit begraben worden.»

Es war Arvin Berry, der mit Chester redete und einen Verband um seine Stirn wickelte. Berry war der Sicherheitsbeauftragte ihrer Schicht.

«Das reicht, bis der Doc da ist. Wahrscheinlich muss es nicht mal genäht werden», sagte Berry. «Tut dir sonst noch was weh?»

«Der Arm», sagte Chester.

Berry zog am Ärmel des Overalls, und Chester schrie auf.

«Okay, ruhig Blut», sagte Berry. Er tastete Chesters Handgelenk ab. «Könnte irgendwas gebrochen sein, aber es sieht nicht schlimm aus.»

«Was ist passiert?», fragte Chester.

«Die Idioten im Querstollen haben vier Ladungen auf einmal gezündet», sagte Berry. «Hat die Scheißdinger direkt in dein kleines Versteck gefetzt.»

«Irgendwer verletzt?»

«Du, Kumpel. Alle anderen sind okay. Du bist der Einzige, und ich würde sagen, dir geht's auch prima.»

Berry ging weg, und Chester hörte, wie er am Vorratsschrank herumfuhrwerkte. In der Ferne hörte er das Poltern der Helme und Grubenlampen, die in die Regale geknallt wurden, das Quietschen der Flaschenzüge und Seile, die die Drahtkörbe für die Kleidung an der Decke hielten, das Rauschen der Duschen und das Gemurmel von Männerstimmen. Im Badehaus wurden keine blöden Witze gerissen. An diesem Abend war es ruhiger als sonst. So ist das nach Unfällen.

«Schätze, du hast da eine echt gute Verletzung, alter Junge», sagte Berry. «Eine Weile krank geschrieben, eine kleine Entschädigung. Kannst dich echt entspannen.»

Chester schloss die Augen. Er versuchte, nicht an die Schmerzen, das herabstürzende Gestein und die Dunkelheit zu denken. Er konzentrierte sich auf die Gerüche ringsum: das Antiseptikum im Sanitätszimmer, das nach Zitrone riechende Geschirrspülmittel, das die Jungs in der Dusche benutzten, weil man nur damit den Kohlenstaub abkriegte, den Schimmel, der für alle Zeiten in den Kachelfugen, in den Poren der Hohlblöcke, ja sogar in den Falten von Chesters Kleidung saß. Die ganze Fäulnis. Beim Atmen rasselte Chesters Lunge. Er versuchte, sich anders hinzulegen, damit er es bequem hatte. Ihm war noch zu schwindlig, um aufstehen zu können.

Von irgendwo rief Arvin Berry, vielleicht vom Klo drüben. «Was zum Kuckuck hast du überhaupt in dem kleinen Loch gemacht, Chester? Die ganzen Jahre, seit ich hier bin, wurde da nicht gearbeitet.»

«Ich hab Mittag gegessen», sagte Chester.

«Der Essplatz ist dir wohl nicht mehr gut genug? Du brauchst dein eigenes kleines Esszimmer? Verdammt,

Mann. Als ich mich endlich zu Dir durchgebuddelt hatte, wär' ich fast erstickt.»

«Tja, wenn ich gewusst hätte, dass du kommst, Arvin, hätte ich mir noch einen Furz aufgehoben und dich erledigt», sagte Chester.

«Geschenkt», sagte Berry und schlug mit einem Handtuch nach Chesters Stiefel. «Wetten, dass du da unten an dir rumgespielt hast? Hat dir dein Onkel, der Prediger, denn nie gesagt, dass das eine Sünde ist? Schau dich an, Junge. Wenn du's dir mit der Hand besorgst, bricht Gott dir den Arm. ‹Unzüchtige Träumer beflecken ihr Fleisch.› Wahrlich. Wahrlich.»

Berry lachte und tat so, als wollte er Chester mit dem Handtuch zwischen die Beine schlagen.

«Lass das, Arvin», sagte Chester. Er rollte sich halb auf die Seite und dann wieder auf den Rücken. «Ich hab bloß nachgedacht.»

Berry lachte noch mehr. Er spuckte ein Stück Kautabak in den Aschenbecher.

Dann schwebte noch ein Gesicht vor die Neonröhren.

Berry, der sich wieder entfernte, redete weiter. Das neue Gesicht verharrte über Chester. Es war das Gesicht einer Frau.

«DonnaMae ist noch unterwegs, Chet», sagte Berry und fing wieder an zu lachen. «Aber deine Tante ist schon da.»

Moon. Das Gesicht über Chester gehörte Moon.

Eine Hand berührte Chesters Haar und strich leicht über den Verband an seiner Stirn. Eine andere Hand legte sich auf seinen Schenkel.

«Hallo, Chester», sagte Moon.

«Hey», sagte Chester.

«Und worüber hast du in der Grube nachgedacht?», flüsterte sie dicht an seinem Ohr.

«Über dich», murmelte er und spürte, wie die Hand seinen Schenkel hinaufglitt und dabei sanft zudrückte.

DonnaMae hatte sich nicht wegen ihrer Regel unwohl gefühlt. Ganz im Gegenteil. Als Chester sie eines Abends von der Arbeit abholte, erzählte sie es ihm.

Berry hatte Recht gehabt: Chester hatte sich im Handgelenk ein paar Knochen gebrochen; er bekam einen Gips und wurde eine Weile krank geschrieben. Seit dem Unfall hing er zu Hause herum. Mit nur einer Hand war es schwer, irgendwelche Reparaturen am Lieferwagen oder am Wohnwagen vorzunehmen, deshalb machte er meistens irgendwas sauber. Das wurde ziemlich schnell langweilig, sodass er schlief oder Fernsehen guckte. Manchmal machte er mit seiner unversehrten linken Hand Schießübungen. Meistens aber saß er mit einem Kaffee auf dem weißen Gipsverband am Tisch in der Kochnische und sah durchs Fenster zum Wohnwagen seines Onkels.

Normalerweise blieb sie drinnen im Kühlen und sah sich irgendwelche Serien an. Chester konnte den Fernseher im Wohnwagen auch bei Tageslicht flimmern sehen. Manchmal ließ sie Illinois Central vor die Tür oder rief ihn herein. Einmal sah er, wie sie auf der Treppe hinten am Wohnwagen saß und eine Zigarette rauchte, und weil sie den Atem anhielt und die Zigarette mit Hilfe von zwei Zweigen fast bis zum Ende rauchte, wusste er, dass es sich nicht um Tabak handelte. Er lachte.

Davitt war ständig mit dem Taxi unterwegs oder predigte irgendwo.

Bevor Chester DonnaMae im Blue Sky abholte, hatte auch er sich bekifft. Zudem hatte er sich mit Bier und Speed zugedröhnt und kapierte erst gar nicht, was sie sagte.

Das Speed hatte DonnaMae in der vorigen Woche von einem Lastwagenfahrer als Trinkgeld bekommen. Sie hatte es Chester geschenkt, aber es hatte ihn ein bisschen neidisch gemacht, dass sie solche Trinkgelder bekam, deshalb hatte es fast eine Woche gedauert, bis er den Stoff nahm. Aber als er es tat, zog er sich außerdem noch ein Bier und Gras rein und war ordentlich zugedröhnt, als er mit DonnaMae vom Parkplatz des Cafés losfuhr.

Sogar so bedröhnt wie er war, hätte er merken müssen, dass mit DonnaMae irgendwas nicht stimmte, als sie ihn nach Li-Tranh fragte.

DonnaMae wollte wissen, ob Chester irgendwas von ihr gehört habe.

«Nee», sagte er und spielte am Höhenknopf seines Kassettenrecorders herum.

Als Chester aus dem Militär entlassen worden war, hatte er mit Li-Tranh ein paar Jahre in San Diego gelebt und den Lieferwagen einer chemischen Reinigung gefahren.

«Meine Frau ist zwar ein Schlitzauge, aber in der Wäscherei arbeite ich», sagte er immer.

Li-Tranh stammte aus Hue, war nach Saigon gegangen und hatte dort Chester kennen gelernt, der zu einer Versorgungskompanie gehörte. Er versprach, sie in die Staaten mitzunehmen, und er hielt sein Versprechen. Zwei Monate später wurde Tracy geboren, und alles ging in die Brüche. Die Scheidung fand in Mexiko statt, war voll rechtsgültig und kostete Chester keinen Cent Unterhalt oder sonstwas. Dafür hatte er gesorgt.

«Was ist mit deiner Tochter, Chester?», fragte DonnaMae. Chester gab keine Antwort.

«Hast du was von ihr gehört?», fragte DonnaMae.

«Ich hab doch nein gesagt», erwiderte Chester.

«Hast du schon mal geschrieben?»

«Herrgott», sagte Chester. «Die Frau hat kaum unsere Sprache gesprochen.»

Der dröhnende Fahrtwind wirbelte zwischen ihnen herum, als sich plötzlich der Kassettenrecorder mit einem Klicken ausschaltete. Keiner von beiden drehte die Kassette um.

Dann erzählte ihm DonnaMae die Neuigkeit.

«Mein Gott», flüsterte er.

Sie sagte, sie habe den Schwangerschaftstest zweimal gemacht und sei zur Sicherheit nochmal zum Arzt gegangen. Sie wisse nicht, was sie ihrer Familie sagen solle. Sie wohnte wieder bei ihren Eltern. Es tue ihr leid, dass sie nicht vorsichtiger gewesen sei, aber als sie mit Booter Hogan verheiratet war, habe *er* immer verhütet. Dann tat ihr leid, dass sie das gesagt hatte. Sie fing an zu weinen.

«Das ist keine Sache, die warten kann», jammerte sie.

Das Bier und das Speed dröhnten in Chesters Hirn, und für einen Moment hörte er DonnaMae nicht mehr. Seine Eingeweide zogen sich zusammen. Er hörte das Ratschen in seiner Brust. Seine Lunge pfiff, die beiden Flügel rissen auseinander, und es kam eine dunkle Kammer und dann noch eine und noch eine zum Vorschein. Sein weißer Gipsverband lag beim Fahren schwer auf seinem Schoß und wurde beim Rucken des Lieferwagens durchgeschüttelt.

«Chester?»

Er bretterte weiter durch die Dunkelheit, ohne genau

zu wissen, wo die Straße war oder wo sie sich befanden, bis er die hohe Halde der Spencer Number Four vor dem Nachthimmel sah. Über einem ausgehöhlten Bergkamm war der ausgediente Turm aus Balken und Wellblech mit den gekerbten Trägern und den riesigen Flaschenzügen zu sehen. Darunter lag eine eingestürzte Kohlengrube.

«Wir fahren zu mir», sagte Chester.

Schweigend fuhr er durch Slab Point und den Highway entlang nach Hause. DonnaMae saß aufrecht mitten auf dem Sitz, weder an Chester gekuschelt noch gegen die Tür gequetscht. Chester beruhigte sich. Er fuhr besonders vorsichtig.

«Können wir reden, wenn wir da sind?», fragte DonnaMae.

«Klar», sagte Chester.

Sie bogen in die Einfahrt, und die Scheinwerfer des Pickups glitten über Davitts Bus, der neben seinem Wohnwagen geparkt war. Chester konnte den neuen Autoaufkleber erkennen, den Davitt aufs Heck des Busses geklebt hatte. Im Schweinwerferlicht schimmerten die Metallic-Buchstaben in allen Regenbogenfarben:

GEBOREN, UM WIEDERGEBOREN ZU WERDEN

«Ich kann nicht so lange bleiben», sagte DonnaMae.

«Ich weiß, Schätzchen», sagte Chester.

Dann tat er etwas Außergewöhnliches: Er hielt ihr die Tür auf. Als sie ausstieg, rechnete er damit, dass sie sich langsamer bewegen, dass sie beinahe schweben würde, wie es Li-Tranh in den letzten paar Monaten ihrer Schwangerschaft getan hatte. Doch DonnaMae wirkte wie immer.

«Danke», sagte sie.

Chester blickte über die Motorhaube zum Wohnwagen hinunter. Alles war dunkel. Er fragte sich, wie lange schon. Er dachte wieder an Li-Tranh und stellte sich Moon dort unten vor. Sie hatte die Augen offen. Sie lauschte. Da war er sich sicher. Als DonnaMae ausgestiegen war, ließ er die Beifahrertür offen. Auf die Art würde nur eine Tür zuschlagen.

Als sie es trieben, war er grob. So grob, dass er das Gefühl hatte, er würde sich für sie aus der Haut schälen, und als er sie nach Hause fuhr, schwieg er wieder. Sie saß auf dem Sitz dicht neben ihm. Während sie seinen Arm mit dem Gipsverband hielt, teilten sie sich ein Bier. Wenn er trank, hielt sie die Dose für ihn. Er hatte versprochen, sie zu heiraten. Sie war glücklich.

Moon schaltete mit dem Zeh den Fernseher aus, als sie hörte, wie die Tür entriegelt wurde. Sie kreuzte die nackten Füße unterm Hintern und strich kurz durch ihr schwarzes Haar. Sie war in eine Ecke des Sofas gekuschelt.

Chester stand vor ihr, auf der anderen Seite des Zimmers, in der Eingangstür.

«Ich hab auf dich gewartet», sagte Moon. «Du fährst spätabends viel rum. Gestern Abend bist du zweimal gekommen und wieder gefahren.»

«Wo ist Davitt?», fragte Chester und ließ die unverletzte Linke auf dem Türgriff liegen.

«Weg», sagte sie. Sie zog die Füße unterm Körper hervor und ließ sie auf einen Stapel Zeitschriften auf dem Couchtisch plumpsen.

«Natürlich irgendeine Kirchenangelegenheit», sagte sie.

Sie trug Müdigkeit zur Schau, seufzte und starrte traurig auf den leeren Bildschirm. «Es läuft nichts Vernünftiges. Davitt kommt frühestens um Mitternacht nach Hause.»

Chester trat von einem Fuß auf den anderen und lehnte sich an den Türpfosten. Es war, als würde er irgendwo Schlange stehen. Er langweilte sich ein bisschen. War ein bisschen ungeduldig.

Die Nachtluft fegte zur Tür herein und wehte ein paar Kiefernnadeln über Chesters Füße. Die kleinen braunen Nadeln hatten fast dieselbe Farbe wie die rote Erde, die an seinen Stiefeln klebte. Die rote Erde verschwindet, dachte er, genau wie ich. Irgendwann verschwindet alles in der Talsohle unter Davitts Land, und die Talsohle verschwindet im Fork, und der Fork verschwindet im Meer, und das war's dann.

«Nach dem Taxifahren ist er nach South Kelleher rübergefahren, um eine Ladung Broschüren abzuholen», sagte Moon. «Nochmal fünfhundert oder tausend von den Dingern, für die wir überhaupt keinen Platz haben.»

Ihre Stimme hatte den näselnden Tonfall der Leute aus den Bergen, von wo sie stammte, aber nicht so schlimm, dass man sie nicht verstehen konnte, wie es bei manchen vorkam.

Sie hatte bloß ein T-Shirt und eine abgeschnittene Blue Jeans an. Chester musterte ihre Kurven unter der Kleidung. Er hörte, wie sein Atem in seinem Innern kratzte. Er schloss die Wohnwagentür.

Als sie die Hand hob, um den Ellbogen auf die Rückenlehne des Sofas zu stützen und auf die Pappkartonstapel unter dem kleinen Panoramafenster des Wohnwagens zu deuten, rutschte ihr T-Shirt hoch und enthüllte einen sichelförmigen Ausschnitt ihres braun gebrannten Bauches. Chester sah es.

Die Kartons, die sie anschaute, trugen die Aufschrift: «Aufbewahren für die All Souls of the River Brethren, Slab Point, West Virginia – Pfarrer B. Davitt McAlpin.»

Moon ließ die Hand auf ihre Wange gleiten. Chester dachte, dass sie manchmal richtig kleinmädchenhaft aussehen konnte. Aber eigentlich war sie auch noch nicht alt genug, um richtig fraulich zu sein.

Sie wedelte mit der Hand, als wollte sie Chester aus einem Tagtraum reißen. Sie hatte den Kopf auf die Seite gelegt und blickte zu ihm auf.

«Und», sagte sie, «warum fragst du nach Davitt?»

«Ach, nur so», sagte Chester.

«Und was willst du sonst noch? Neffe.»

«So brauchst du mich nicht zu nennen.»

«Dann eben Chester.»

«Schon besser.»

«Schön, schließlich will ich ja nicht unhöflich sein. Will dich nicht kränken. Immerhin bist du mein Gast, auch wenn ich dich nicht eingeladen hab.»

«Ich schau nur mal rein», sagte Chester. «Ist nichts dabei. Brauch ich jedes Mal eine Einladung?»

«Nee», sagte Moon, nahm die Füße vom Tisch und schlug die Beine wieder unter. Sie ließ die Hände über ihre nackten Schenkel gleiten. «Hoffentlich nicht.»

Sie rekelte sich auf dem Sofa. Chester hielt den Atem an. Alle Geräusche in seinem Körper verstummten. Er trat auf sie zu. Als er ihr das T-Shirt über den Kopf zog und in ihre erhobenen braunen Arme sank, verschwand ihr Lächeln.

Nach dem Sofa sanken sie auf den Fußboden. Chesters

nackter Rücken kribbelte von der pulverisierten Erde, die sich im Teppich festgesetzt hatte. Es war ein ähnliches Gefühl, wie wenn sein Arm manchmal unter dem Gipsverband juckte. Abgesehen von seinem Westernhemd, das sich um den Gips an seinem Unterarm gewickelt hatte, war er nackt. Genau wie Moon.

Sie dösten, bis das Telefon klingelte. Moon ging zur Kochnische und hob ab. Während sie mit so leiser Stimme sprach, dass Chester nichts verstehen konnte, blätterte sie in einer Fernsehzeitung, auf deren Titelseite vier Journalisten abgebildet waren. Er drückte eine Kiefernnadel an seinen Bauch. Dann atmete er pfeifend ein, bis die Wölbung seines Bauches die gebogene Nadel zerbrach. Mit dem Stummel schrammte er durch seine Brusthaare. Illinois Central lag auf dem Fußboden und starrte ihn an, und Chester starrte zurück, bis die Katze blinzelte und wegschaute. DonnaMae hatte ihm mal erzählt, dass sich Katzen nicht gerne anstarren lassen. Sie schauen immer als erste weg, hatte DonnaMae gesagt. Moon legte den Hörer auf.

Sie stellte sich vor ihn, und im Liegen sah es aus, als würde sie auf dem Kopf stehen. Ihre Hände lagen auf ihren Hüften. Aus diesem Blickwinkel konnte er ihren nackten Körper kaum wiedererkennen, er sah bloß einen Haufen Muskeln und dicke schwarze Haarknäuel.

«Chester», sagte Moon. Sie schien auf den Kartonstapel oder aus dem schwarzen Fenster zu blicken.

«Das war die Staatspolizei», sagte sie. «Davitt ist bei einem Unfall ums Leben gekommen.»

«Bestimmt kommen viele aus seiner Gemeinde», sagte DonnaMae. Sie war von der Veranda ihres Hauses zum Lieferwagen gerannt, damit sie vom Regen nicht klitschnass wurde, und war leicht außer Atem. Chester küsste sie auf die Wange, sagte aber nichts. Er schmeckte das frische Regenwasser auf ihrer Haut. Sie sprachen erst, als sie auf dem Highway waren.

«Sie haben ständig angerufen», sagte Chester. «Leute aus seiner Gemeinde. Also hast du wahrscheinlich Recht.»

«Aber der Regen könnte sie abhalten», erwiderte DonnaMae.

«Vielleicht», sagte Chester.

«Wie wird Moon damit fertig?», fragte DonnaMae. Chester hatte die Frage erwartet.

«Ich glaube, ganz gut.»

«Hast du sie zur Polizei gefahren?», fragte DonnaMae.

«Hm-hm. Aber sie ist nicht reingegangen. Das hab ich erledigt.»

«Bedauernswert.»

«Hm-hm.»

«Sie, meine ich.»

«Hm-hm.»

«Du auch, mein Schatz. Aber sie hat ihren Mann verloren.»

«Mm.»

DonnaMae faltete die kleine Plastikregenmütze, die auf ihrem Schoß lag.

«Der Ring, den du mir besorgt hast, gefällt allen gut», sagte sie.

«Das ist schön», erwiderte Chester.

DonnaMae betrachtete ihre Hand. Der winzige Stein

hatte dieselbe Farbe wie das Tageslicht. Sie schmiegte sich enger an ihn. Auf der Fahrt zu DonnaMae hatte er gedacht, er würde allein sein wollen und sich wünschen, dass er nicht mit ihr zu der Beerdigung fahren musste. Doch er war überrascht, dass er froh war, sie dabeizuhaben. Es gefiel ihm, wie sich ihre Stimme um das Dröhnen des Motors, das Klicken der Scheibenwischer und das Pfeifen seines Atems legte.

«Im Blue Sky hab ich schon oft mit dieser Hand rumgewedelt», sagte sie. «Hat mir aber auch nicht mehr Trinkgeld gebracht.»

Chester lächelte. Sie waren fast da. Es war nur eine kurze Fahrt. DonnaMae betrachtete immer noch ihren Verlobungsring.

«Es heißt, wenn man Kohle fest genug zusammenpresst, kriegt man Diamanten», sagte sie. «Als Kind hab ich mal im Fernsehen gesehen, wie Superman das gemacht hat. Er drückte ein Stück Kohle zusammen und verwandelte es in einen Diamanten. Er überlistete einen schwarzen Hexer und rettete Lois und Jimmy das Leben.»

Sie schaute aus dem Fenster, betrachtete den Regen und die Hügel, wo sich die Blätter bereits verfärbten. Auf seiner Seite sah Chester in der Ferne die Halde von Spencer Number Four. Sie war fast vollständig von Wolken verhüllt.

«Stell dir das mal vor», sagte DonnaMae. «Mannomann. Denk nur, worauf wir säßen, wenn Mutter Natur ein bisschen fester auf all diese Hügel drücken würde.»

Um das Grab standen ungefähr fünfzig Gemeindemitglieder, die sich bemühten, nicht auf die Gräber von Chesters Mutter und Vater zu treten. Im Nieselregen beugten sich alle leicht nach vorn.

Moon stand am Grab neben Charles Quilliums, Davitts Stellvertreter. Quilliums winkte Chester und DonnaMae herüber. Moon starrte direkt auf den Sarg.

Wegen des Wetters machte Quilliums die Sache kurz. Nach ein paar einleitenden Worten sprach er ein kurzes Gebet und bückte sich, um eine Schaufel aufzuheben.

Als Moon in diesem Moment jedoch unangekündigt zu singen begann, richtete er sich wieder auf. Sie sang ein Kirchenlied, das Chester noch nie gehört hatte. Ihre Stimme zitterte so stark, dass sie ihr auf dem Höhepunkt jeder Strophe versagte. Es war ein typisches Lied aus den Bergen. Moons Blick blieb auf das Loch vor ihr im Boden geheftet.

«Dort erklingt kein Vogelgesang»,

sang sie,

«nur der Wind heult sein Klagelied,
und das Schluchzen der Witwen allein
leis durch die Lüfte zieht.»

Als der Refrain kam, blickte sie über den Fork hinweg auf den Bergkamm am anderen Flussufer.

«Schließ dich den Gläubigen an,
folge dem leuchtenden Stern,
dein weltliches Streben vergiss
und gib dich in die Obhut des Herrn.»

Als Moon fertig war, wirkte Quilliums ungeduldig. Diesmal bückte er sich rasch nach der Schaufel, aber als er die Hand ausstreckte, um sie Chester zu reichen, ergriff Moon den Stiel. Chester zog die Hand zurück. Moon nahm eine Schaufel voll Erde und warf sie in das Loch. Als die Erde auf den Sargdeckel fiel, kamen Quilliums' Frau Bertha die Tränen. Sie brach in Klagegeschrei aus. Chester bückte sich, um eine Hand voll Erde zu nehmen, aber in dem Moment drehte sich Moon mit der Schaufel um und stieß sie so dicht neben Chesters Hand in den Erdhaufen, dass er zurückzuckte und DonnaMae laut nach Luft schnappte. Moon schleuderte die Erde auf den Sarg hinunter, ließ die Schaufel wenige Zentimeter von DonnaMaes Fuß entfernt fallen und ging davon.

Chester drehte sich vom Grab weg, um Moon zu beobachten. Hinter sich, ringsum und in seinem Innern hörte er Bertha Quilliums' raues Schluchzen, hörte, wie Charles ihr etwas zuraunte, wie die Trauergäste in dem Regen, der sich in den Bäumen in Schneeregen verwandelte, von einem Fuß auf den anderen traten, und wie er selbst die Erde von seinen Händen rieb, hörte seinen eigenen Atem und Moons Schritte auf dem Kies. Nur DonnaMae, die neben ihm stand, schien kein Geräusch zu machen. Sie berührte Chesters Arm, und er sah den Ring.

Als er die Schaufel aufhob, löste sich DonnaMaes Hand. Er warf ein bisschen Erde in das Loch, gab Quilliums die Schaufel, fasste DonnaMae am Arm und sagte zu all den anderen: «Amen. Amen.»

Der Polizist hatte gesagt, der Pfarrer sei sofort tot gewesen, und dass zu den möglichen Todesursachen auch der spitze rechte Vorderhuf des Hirschbocks gehöre, der die Brust des Predigers durchbohrt hatte. Davitt war auf dem Rückweg von South Kelleher gewesen. Der Hirsch war auf die Straße gelaufen, und nachdem er von den blendenden Scheinwerfern und dem Quietschen der Bremsen wie gelähmt war, hatte er sich wahrscheinlich auf die Hinterbeine gestellt und war in die völlig falsche Richtung gesprungen, was manchmal vorkommt. War in das Licht und den Lärm und durch die Windschutzscheibe von Davitts Kleinbus gesprungen.

Der Polizist wollte ursprünglich nicht alle Einzelheiten des Unfalls erzählen, aber der Neffe des Opfers saß nickend da, betrachtete seine Stiefel und sagte unter dem Schild seiner Baseballkappe hervor bloß «Mm-hm» oder «Ja», als ginge es nur darum, die technischen Daten eines Stockcars durchzugehen. Die Frau des Opfers wartete draußen auf dem Parkplatz.

Wie auch immer, der Bergmann hatte es genau wissen wollen. Als er keine Fragen mehr zum Opfer oder zum Fahrzeug gehabt hatte, sondern nur stocksteif auf dem Revier herumstand und sich auch noch nach dem Hirsch erkundigte, wäre der Polizist fast wütend geworden. Wo der Unfall sich zugetragen habe.

«Hören Sie, Sie müssen diese Papiere unterschreiben», sagte der Polizist.

«Und was ist mit dem Hirschbock?», fragte der Bergmann wieder.

«Verdammt, den hab ich in den Wald gezerrt», sagte der Polizist, der den Mann loswerden wollte. «Ich hab doch schon gesagt, dass er fürchterlich aussah. Nichts mehr übrig.»

Der Neffe nickte, rührte sich aber nicht. Der Polizist warf die Papiere auf den Schreibtisch und ging davon.

«‹Und was ist mit dem Hirschbock?›», murmelte er vor sich hin.

Chester saß in seinem Wohnwagen am Küchentisch und zitterte leicht. Es war kurz vor Tagesanbruch. Er musste bald aufräumen. Heute würde er wieder anfangen zu arbeiten. Am Freitag war der Gips abgekommen, und am Wochenende hatte er frei gehabt. Er fing wieder in der Tagschicht an. Er würde DonnaMae abholen und zur Arbeit bringen. Sie hatte ihren Dienstplan an seinen angepasst. Er hatte den Goldring. Er würde ihn ihr zeigen, und dann würden sie einen Termin festlegen und zum Friedensrichter gehen.

Chester schaute aus dem Fenster. Der Mond stand immer noch über dem Hügelkamm, aber er war vorgerückt, und inzwischen fiel sein Licht so flach auf die Steine am Hang zwischen den beiden Wohnwagen, dass sie lange, riesige Schatten warfen.

Als Chester einatmete, rasselte seine Lunge, und er nahm zwei Gerüche wahr: den dichten mineralischen Maschinenduft des Kaffees, den er auf dem Herd aufwärmte, und den lockeren Duft, den Moon auf ihm hinterlassen hatte.

«Ich gehe weg von hier», hatte sie zu ihm gesagt. «An dem Tag, wenn du wieder arbeitest, geh ich weg. Ganz egal, was du sagst.»

Er hatte geschwiegen.

Seit Davitts Unfall war sie kühl und verletzend geworden, und seit der Beerdigung eigensinnig, aber irgendwie hatte all das ihre Sehnsucht nach einander nur noch größer gemacht.

Trotzdem hatte sie den Wohnwagen an ein junges Paar aus Beckley verkauft. Am Freitag hatte sie sich eine Busfahrkarte und einen Korb für Illinois Central besorgt.

Als Chester gefragt hatte, wo sie hinwolle, hatte sie gesagt: «Mal sehen. Vielleicht kriegst du eine Karte.»

Chester saß da, horchte auf das leise Geräusch in seinem Innern und zitterte wieder.

Vor ihm auf dem Tisch lag ein Foto. Auf dem Bild stand ein vielleicht zehnjähriges Mädchen vor einem Eukalyptusbaum. Sie hatte Mandelaugen und eine dunkle Haut.

Moon hatte gefragt, ob sie das Bild mal sehen dürfe, und Chester hatte es ihr gezeigt. Sie hatte gefragt, ob sie den Ring sehen dürfe, und Chester hatte ihr auch den gezeigt.

Moon war jetzt unten in ihrem Wohnwagen und packte. Sie hatte gesagt, dass sie den ersten Greyhound in Richtung Beckley anhalten würde, sobald sie ihre Sachen gepackt habe.

«Kommst du nochmal vorbei, um dich zu verabschieden?», hatte Chester gefragt.

«Na, und was war das da?», hatte sie gefragt und mit dem Kopf auf das zerwühlte Bett gedeutet, das sie gerade verlassen hatten.

Er war sich sicher, dass er bei ihrem Aufbruch nicht hören würde, wie die Tür ihres Wohnwagens zuschlug, also saß er am Küchentisch, um zu sehen, ob er Recht hatte.

Er saß da und hatte das Bild und den Ring in der Hand, während hinter ihm auf dem Herd der Kaffee zu kochen begann. Er drehte das Gas ab, und die Kanne knisterte beim Abkühlen auf dem Herd. Er wünschte sich, dass es still wäre, damit er besser horchen konnte. Er beugte sich dichter ans Fenster.

Draußen neben der Sumpfeiche sah er den Haufen seiner Habseligkeiten. Es waren hauptsächlich Autoersatzteile, die er vielleicht irgendwann mal gebrauchen konnte. Er stellte fest, dass der Himmel langsam hell wurde, und während er Moons Wohnwagen angestrengt anstarrte, sah er, wie irgendwas an seinem Fenster vorbeisauste. Es war ein kleiner Vogel, der seinen Blick auf die andere Seite der Sumpfeiche lenkte.

Der Vogel war auf dem Geweih gelandet. Das Geweih lehnte am Rande der Habseligkeiten am Baumstamm. Vollständig erhalten wäre es prächtig gewesen, ein Zehnender. Aber es war zerbrochen und sah aus, als wäre es abgeworfen worden. Der Vogel hüpfte nervös von einer Geweihspitze zur nächsten, legte den Kopf schief und plusterte die fleckigen Federn auf.

Chester schaute zum Himmel hinauf und saß lange am Tisch, die Hände behutsam über dem Ring und dem Bild gefaltet. Er beobachtete, wie sich die grauen Wolken mit kaltem Licht füllten, und dachte, dass die Vögel im Winter ein hartes Leben hatten.

Als die Sonne über den Hügelkamm stieg, kehrten Chesters Gedanken zurück zu dem Hirschgeweih. Er hatte den Vogel nicht wegfliegen sehen, aber er war fort, vermutlich schon eine ganze Weile. Chester stand auf und überlegte, was den Vogel wohl vertrieben hatte. Vielleicht war es das Knallen einer Tür gewesen. Vielleicht Hunger. Vielleicht auch die Kälte.

Yann Martel

Die Hintergründe zu den Helsinki-Roccamatios

Aus dem Englischen von Manfred Allié

Band 16816

Bereits lange bevor Pi Patel mit dem Tiger Schiffbruch erlitt, erzählte Yann Martel vom Aufbruch junger Helden in die Welt: Unbekümmert denken sie sich die Welt auf eigene Faust zurecht, bis Ihnen die Wolken auf den Kopf fallen. Aber eines wissen sie genau: Geschichten bannen die Schatten und Erzählen heißt Atmen.

»Für Yann Martel ist Erzählen praktizierter Humanismus.«
Frankfurter Allgemeine Zeitung

»Martels Worte bescheren von Anfang an jene kostbaren Momente, die den Zauber des Erzählens ausmachen.«
BRIGITTE

Fischer Taschenbuch Verlag

fi 16816 / 1

Yann Martel

Schiffbruch mit Tiger

Roman

Aus dem Englischen von
Manfred Allié und Gabriele Kempf-Allié

Band 15665

Pi Patel, der Sohn eines indischen Zoobesitzers und praktizierender Hindu, Christ und Muslim erleidet mit einer Hyäne, einem Orang-Utan, einem verletzten Zebra und einem 450 Pfund schweren bengalischen Tiger namens Richard Parker Schiffbruch. Bald hat der Tiger alle erledigt – alle, außer Pi. Alleine treiben sie in einem Rettungsboot auf dem Ozean. Eine wundersame Odyssee beginnt.

Verwegen. Atemberaubend. Wahnsinnig komisch.

»Schiffbruch mit Tiger ist ein sagenhaftes Buch,
es ist erfrischend, frech, originell, klug und raffiniert –
und prallvoll mit Geschichten.«
Margaret Atwood

»Schiffbruch mit Tiger ist ein manchmal
verteufelt spannender, dann wieder wunderbar
verspielter Abenteuerroman.«
Wolfgang Höbel, Der Spiegel

Ausgezeichnet mit dem Booker-Preis 2002

Fischer Taschenbuch Verlag

fi 15665 / 1

Alistair MacLeod

Land der Bäume

Roman

Alexander MacDonald ist der letzte eines schottischen Clans, dessen Mitglieder sich an ihren roten Haaren erkennen – und an ihren Geschichten. Wie die von dem Hund, der ihrem Schiff beim Abschied von Schottland nachschwamm und ihnen bis Kanada, ins »Land der Bäume« gefolgt wäre, hätte man ihn nicht an Bord genommen. Ein bestechender kanadischer Roman von einem glänzenden Fabulierer, der weiß, was Familien zusammenhält: Geschichten.

»Der größte zu entdeckende Schriftsteller unserer Zeit.«
Michael Ondaatje

»Ein Buch wie eine Ballade von Bob Dylan.
Ein Meisterwerk.«
Michael Krüger im Literarischen Quartett

Fischer Taschenbuch Verlag

fi 15507 / 1

Joseph O'Connor

Die Überfahrt

Roman

Aus dem Englischen von
Manfred Allié und Gabriele Kempf-Allié

Band 15972

Irland 1847, die »Stella Maris« legt mit Ziel New York ab. Unter den Passagieren befinden sich der bankrotte Lord Merridith mit seiner Familie, ein geheimnisvolles Kindermädchen und Pius Mulvey, der den Lord umbringen muss, um sein eigenes Leben nicht zu verlieren. Noch ahnen sie nicht, auf welch tragische Weise ihre Lebenswege miteinander verwoben sind. Sie alle fliehen vor der großen Hungersnot, aber die »Überfahrt« ins Ungewisse wird für sie zur Falle.

»Joseph O'Connors brillanter Kriminalroman ... unmöglich, nicht beeindruckt zu sein.«
The Irish Independent

Fischer Taschenbuch Verlag

fi 15972 / 1

Rascha Peper
Visions of Hanna
Roman
Aus dem Niederländischen von Andreas Ecke
Band 17612

Zehntausend blaue Plastikenten auf hoher See
ein Strömungsforscher mit einem Faible für Wassertanks
eine Tochter, die sich daranmacht,
den Geliebten ihrer Tante zu verführen
ein pensionierter Kleidermacher
mit einem feinen Gespür für Maßarbeit
ein Tiefseetaucher, der nichts von Seemannsgräbern hält
ein Ministerialbeamter, der Damenunterwäsche liebt
und irgendwo,
hundertfünf Meter unter dem Meeresspiegel,
ruht Hanna, um die sich alles dreht.

»Schöne Bücher wie dieses dürfen niemals enden.«
Brigitte